下町暮らしのセレブリティ

Sachi Umino
海野幸

CHARADE BUNKO

Illustration

笹原亜美

CONTENTS

学歴もなく、資格もない。知識も技術もなければ、器量のよさも愛想もない。

ただ土木現場でのバイト歴は長い。だから日雇いの仕事を片っ端から引き受けた。

十九歳、男。他にどうやって稼げばいい。

ふらつく足で商店街を歩きながら、隆二《りゅうじ》は切れ切れの溜息《ためいき》をつく。今日は朝からずっと建築現場で力仕事をしていたため、もう肺いっぱいに息を吸い込むだけの体力もない。

日雇いのバイトをあれこれ掛け持ちするようになってから今日で丸一週間。建築現場の作業は週に五日入れている。募集要項には、現場の片づけ清掃、資材移動、なんてさらりと書かれていたが、実際に待っているのはとんでもない重労働だ。木材や金属製のパイプ、中身が詰まったガラ袋など、重量のある資材を働きアリのように黙々と運ぶ。

十一月も終わりに近く、道行く人が真冬のコートを着ている中、薄手の作業ジャンパーを着て終日外にいるのも辛《つら》い。

疲労が蓄積した体は鉛のように重い。人通りの多い商店街をふらふら歩いているとたまに通行人にぶつかりそうになるが、大概は相手の方が避けてくれる。痩せ形で目尻が吊《つ》り上がった隆二はただでさえ人相が悪い上に、疲労のせいで表情が険しくなっている。今も前から主婦が歩いてきたが、隆二と目が合うなり慌てたように道を譲ってくれた。

隆二は深く俯《うつむ》いて、睨《にら》んだわけじゃねぇし、と呟《つぶや》こうとしたが、舌を動かすことすら億《おっ》劫《くう》で低く唸《うな》っただけで終わった。

駅前から続く商店街を歩いていると、居酒屋や飲食店から甘辛い食べ物の匂いが流れてくる。そのたびに胃が空腹を訴えてキリキリと痛んだ。

今日は昼にコンビニで買ったパン一つしか口に入れていない。何か食べて帰ろうか。いや、今は一銭も無駄に使えない。何よりも、今すぐ家に戻って寝転んでしまいたい。数ヶ月前まではずっと現場の仕事をしていたはずなのに、ほんの少し休んだだけで随分体がなまってしまったらしい。

足を引きずるようにして歩いていたら、背後から「おい」と声をかけられた。

人込みをかき分けるようにして近づいてきたのは、商店街会長の青柳《あおやぎ》だ。年は五十がらみで、短く刈り込んだ髪に太い腕は一見するとラーメン店の店主のようだが、実際は和菓子屋を営んでいる。まんじゅうなどの他に繊細な生菓子なども作っているらしい。

青柳は四角い顔に渋面を浮かべると、道の端に寄るよう隆二を促して声を潜めた。

「道信《みちのぶ》さん、具合はどうだ？　病院から連絡は？」

青柳が自分に話しかけてくるとしたらその用件しかないだろうと思っていたが、的中だ。

隆二はできるだけかしこまった口調で答える。

「病院からはまだ、連絡ないです」

「じゃあ意識も戻らないままか……。お前、病院に見舞いとか行ってるか？」

「いえ。病院には、じいちゃんが救急車で運ばれたときに行ったきりで」

「行ってないのか？」と非難を込めた口調で青柳が言う。仕事があるので、と隆二は口の中で呟いたが、青柳の溜息で遮られてしまった。

「意識が戻ったら、病院から連絡が来るんで……」

一日中重たい物を運び続けていた膝ががくがくと震える。今すぐ横になりたいのに青柳はなかなか隆二を解放してくれない。それどころか憤ったような顔で隆二を睨みつける。

「薄情なこと言うんじゃねぇよ。お前、仮にも道信さんの孫なんだろ？　だったら見舞いくらいいちゃんと行け」

仮にも、という部分にわざわざ力を込められた。認めたくもないと言いたげに。

何事か言い返すだけの気力もなく、隆二は無言で頭を下げる。それで気が済んだのかどうか知らないが、青柳は「病院から連絡あったらすぐこっちにも報告しろよ」と言い捨てて去っていった。

青柳の後ろ姿を見送って、隆二はのろのろと踵《きびす》を返す。

駅から続く商店街を歩くこと約十五分。道の両脇に並ぶ店の数もさすがに減ってくる商店街の端っこに、道信の営む中井《なかい》食堂はあった。

店主である道信が入院しているため店内は真っ暗だ。普段は入り口に吊るしてある暖簾《のれん》も一週間前から下げられたままだった。

隆二はジーンズのポケットから鍵を取り出すと、ガタつく引き戸を開けて中に入った。

店は間口こそ狭いが奥行きが深い。入ってすぐ右手には畳を敷いた小上がりがあって、六人掛けと四人掛けの座卓が一つずつ置かれている。左側には二人掛けのテーブルが三つ。奥には四人座れるL字のカウンターもあった。

カウンターの奥には二階に上がる階段がある。道信と隆二が寝起きしている二階には、二人の部屋の他、物置代わりの納戸が一つと風呂場があった。

店の明かりをつけた隆二は、二階に上がるだけの余力もなく傍らの小上がりに倒れ込んだ。靴を履いた足は床に下ろしたまま、大の字になって畳に寝転ぶ。

(明日の準備、しねぇと……)

頭ではそう思うのに、背中が畳に引っ張られるようで起き上がれない。指先から砂になって崩れていくようだ。意識も一緒に崩れだす。

一瞬で眠りに引きずり込まれそうになったその刹那、ガラリと引き戸の開く音がして目を見開いた。戸口の鍵をかけ忘れていたことを思い出し慌てて起き上がる。

「すみません、店は開けてなくて――」

言いながら身を起こした隆二は、店の入り口に立っていた男を見て言葉を切った。

引き戸の前に立っていたのは三十代と思《おぼ》しき男性だ。グレーのスーツに黒いチェスターコートを着て、手にはビジネスバッグを持っている。足元はピカピカの革靴だ。古びた大衆食堂には似つかわしくないノーブルな雰囲気に、知らず声が尻すぼみになった。

店の奥を見ていた男は、隆二に声をかけられて初めて小上がりに人がいることに気づいたようだ。日に焼けていない白い顔がこちらを向き、隆二はとっさに身構える。相手がとんでもない美形だったからだ。それも、見惚《みと》れるよりも警戒するレベルの美貌である。

深い二重に、筋の通った高い鼻。さらりとした栗色《くりいろ》の髪が目元にかかって、瞬《まばた》きのたびに長い睫毛《まつげ》が上下する。唇は薄く形がいい。何より同年代の一般男性と比べるとあまりにも肌が綺麗《きれい》だった。芸能人か何かかもしれない。

なんとなく、隆二は寝乱れた髪を手で撫《な》でつける。

年中外で土木現場の仕事をしている隆二の髪は厳しい日差しに晒《さら》されて、染めてもいないのに毛先が赤茶けてぼろぼろだ。着古したジーンズの裾は擦り切れているし、現場の先輩からもらったジャンパーもすっかり色褪《いろあ》せている。そんな自分の姿が急に恥ずかしくなるくらい、目の前の男は容姿も身なりも整っていた。

隆二は動揺をごまかすように一つ咳払《せきばら》いをして小上がりから立ち上がった。

「店は今、やってないんですけど」

男がこれ以上中に入ってこないよう、行く手を阻むよう正面に立って告げる。

向かい合った男は随分と長身だ。隆二とて百七十センチ半ばと小柄な方ではないのだが、相手は輪をかけて背が高い。どうしても見上げるような格好になる。

男は店の奥に視線を投げて「店長は？」と尋ねた。

「店長は今、入院中です」

「じゃあ君は？　アルバイトの人？」

矢継ぎ早に尋ねられ、隆二は警戒を強めて「孫です」とぶっきらぼうに答えた。青柳のように胡散臭《うさんくさ》そうな顔をされるかと思いきや、男は興味があるのかないのかわからない顔で「へぇ」と呟いただけだ。

「この店、二階があるみたいだけど。君も上で暮らしてるの？」

「そうです……けど。なんなんスか、さっきから。あんたこそどちら様？」

隆二は少し語気を強める。目つきの悪い自分が凄《すご》めば大抵の相手は怯《ひる》む。特にこんな、いかにも上品そうな相手なら一発で顔色を変えるだろう。そう踏んで男に詰め寄ったが、男は少しも動じる様子を見せなかった。それどころか、自ら隆二に歩み寄り胸を張る。

「挨拶が遅れて申し訳ない。僕は春川航大《はるかわこうだい》。今、家出をしている最中です」

相手があまりに堂々としているので、隆二まで一緒に背筋を伸ばして、はい、と返事をしてしまった。してしまってから、何かおかしなことを言われたことに気がついた。

「……家出？」

「そう。そういうわけで、こちらで一晩ご厄介になれないかと」

「え、なんで?」

まったく意味がわからなかったので、うっかり凄むことすら忘れた。

ぽかんとした顔で隆二に尋ねられた男は、真面目腐った顔で腕を組んだ。

「ちょっとトラブルに巻き込まれて、家を離れなくちゃいけなくなったんだ」

「トラブルって……」

「それについては深く訊《き》かないでほしい。詳しくは答えられないから」

無茶苦茶だ。なのに春川があまりにも毅然《きぜん》とした態度だから、口を挟むタイミングがわからない。

「さしあたって今夜泊まれる場所を探していたんだけど、あいにく現金の持ち合わせがない。カードならあるんだ。でもカードを使うとそこから足がついて、こちらの居場所がばれてしまう可能性がある」

はあ、と相槌《あいづち》を打ってみたものの、春川が何を言っているのか隆二には半分も理解できない。ただでさえ疲弊しきって帰ってきたところだったのに、発言も存在も謎に包まれた男の応対をするのは困難を極めた。

「とりあえず手持ちがなくても泊めてくれる場所を探して商店街をうろついていたら、親切なご婦人がこの食堂を紹介してくれたんだ。店長は気のいい人だから、困っているなら一晩くらい泊めてくれるだろうって」

一体誰がそんなことをと思ったが、道信の尋常でないお人好《ひとよ》し振りは商店街の語り草だ。道信は困っている相手に手を差し伸べることを厭《いと》わない。今だって、もしも道信が店にいて春川と対面していたら、「じゃあ泊まってきな」とあっさり春川を二階に通しただろう。相手とまるで面識がなくても、自分が助けてやる義理などなくとも、「見ちまったからには放っておけねぇな」と、そう言って当たり前に手を差し出すのだ。

春川も商店街の人々からその辺りの事情をよくよく聞き出してきたらしい。確信に満ちた眼差《まなざ》しで隆二に詰め寄ってくる。

「身寄りのない人だとか、火事で焼け出された人なんかをしばらくこの食堂で寝泊まりさせていたって話も聞いてる。僕もしばらくここに泊めてもらえないかな。もちろん宿泊代なら出す。現金が手元にないから後払いになってしまうけど」

「いや、そんなこと、俺が決めるわけには……」

「どうして。君は店長の孫で、一緒にここに住んでるんだろう？　君にも決定権はあるはずだ」

「そ、それは……」

「赤の他人を泊めた実績はあるのに、どうして僕は泊めてもらえないの？」

ぐいぐい迫られ言葉に詰まった。なんと答えるのが正解だろう。わからない。一週間休みなく働き続けてへとへとで、もう何も考えたくない。早く寝たい。

「一晩くらい、公園で野宿でもなんでもしたらいいだろ……」

「こんな寒空の下で野宿なんて冗談だろう」

「ネットカフェとか」

「カードを使うと足がつく」

「足がつくって、あんた一体、何から逃げ回ってんだよ……？」

「それは聞かないでほしい。他に行く当てがないんだ。どうせならちゃんと屋根があって清潔な場所で眠りたい。理由はなんでもいいから丸め込まれてくれ。宿泊代は必ず払う」

なんだか今、丸め込むとかなんとか妙な言葉が耳を掠《かす》めた。胡乱《うろん》に思って春川に目を向けると、しまった、とばかり口をつぐまれた。失言だったようだ。

やっぱり帰れ、と相手を押しのけようとしたら、春川に肩を摑《つか》まれた。

「わかった、じゃあ、あれだ。君が好きだ」

ぽんと飛び出した言葉が予想外すぎて、直前に何を考えていたのか吹っ飛んだ。

足元をすくわれたような顔をする隆二に、春川は考える間を与えまいと畳みかける。

「一目惚《ひとめぼ》れだったんだ。離れたくない。ここにいさせてくれ」

「……はっ？　いや、今、確実に適当なこと言ってるだろ。『わかった』ってなんだよ」

「自分の気持ちがわかった、と」

「いやもう、なんだよあんた！　帰れ！　俺は疲れてるんだ、早く寝たいんだよ！」

さすがにこれ以上はつき合いきれないと隆二は声を荒らげる。なんだったら一発くらい殴ってやろうかと思ったが、春川は両手でしっかりと隆二の肩を摑むと真顔で言った。

「そうか、疲れているのにかわいそうに。早く寝たいだろう」

「そうだよ！　帰れ、諸悪の根源！」

「眠いなら布団に行っていいよ。僕はそこの座敷で横になるから」

「あんたのこと泊めるなんて俺、一言も言ってねぇんだけど……⁉」

「そうだ、いい加減わかっただろう。僕は何があっても引き下がらないし帰らない。泊まるためなら無茶な理論も押し通す。これ以上は時間の無駄だ。早く眠った方がいい」

諭すような口調に絶句した。これではまるで隆二の方が詮無い我儘《わがまま》でも言っているようではないか。どう考えても春川の言い分がおかしいのに。

（なんだこいつ、宇宙人か？　こんなに言葉の通じない人間がこの世にいるのか⁉）

怒りを通り越して慄《おのの》く隆二に、春川は妙に優しい声で言った。

「大丈夫、僕はそこで横にならせてもらえれば十分だ。勝手に二階に行ったり、店の中のものを触ったりしないから。約束するよ。店や君に危害は加えない」

まったくもって大丈夫ではないし、現状すでに店にも自分にも害をなしている、と思ったが、柳に風とこちらの言葉をかわし続ける春川に反論するのが急激に嫌になった。

本人が言う通り、この男は何があっても引き下がらないし帰らないのだろう。だとしたらこうして押し問答をしているのも不毛の極みだ。

これはもう、春川を泊めてやった方が話は早そうだ。もしも春川が強盗の類《たぐい》で夜中に襲ってきたとしても、問題なく返り討ちにしてやる。春川の方が背は高くとも、喧嘩《けんか》の場数なら隆二の方がずっと多く踏んでいるはずだ。いかにも育ちのよさそうなお坊ちゃんとやり合って負けるとは思えない。

据わった目で春川を見遣《みや》り、隆二は肩を掴む春川の手を振り払った。

「絶対二階には来るなよ。妙なことしたら殴って警察に突き出すぞ」

「わかった。二階には行かない。そこで寝かせてもらう。戸締まりもしておくよ」

言われてまだ店の鍵を閉めていなかったことに気がついた。隆二は舌打ちをして自ら店の戸に鍵をかけると、「マジで変な真似《まね》すんなよ」と言い残して二階へ上がった。

カウンターの奥にある急な階段を上がる途中、背後から春川の「おやすみ」という柔らかな声が響いてきた。どういう神経だ。やはりあれは宇宙人かもしれない。隆二は振り返りもせず階段を上がりきった。

階段を上がった先は長い廊下だ。右手の手前から納戸、奥に隆二の部屋、最奥に道信の部屋と続き、突き当たりは脱衣所と風呂になっている。

隆二は自室の襖《ふすま》を開け、ふらふらと室内に入った。畳を敷いた六畳間にはほとんど物がない。部屋の隅に敷きっぱなしの布団があるばかりだ。

着替えるのも億劫で、隆二は洋服のまま布団に倒れ込む。眠すぎて空腹も感じなかった。風呂は朝でいい。一階にいる春川のことは、正直もう考えたくない。

（……明日考えよう）

今日一日を乗り切るだけで精いっぱいだ。明日より先のことなど上手く想像もできない。春川がただの変人なのか、はたまた計画的な悪人なのかも明日の朝になればはっきりするだろう。そう思うが早いか、隆二はあっさりと眠りに落ちてしまったのだった。

ガタガタと土台を震わせながら扇風機が回る。クーラーのない部屋の中、扇風機の前に座って「あー」と声を出すと自分の声が奇妙に揺れて聞こえた。

扇風機に向かって、「ワレワレハ、宇宙人ダ」と言ってみる。いつもと違う自分の声。楽しくなってもう一度。小学校の夏休みは長くて、他に時間を潰す手立てもない。

ワレワレハ宇宙人ダ。本当に宇宙人だったらそのうち宇宙に帰れるのに。宇宙の果てに建つ家は、きっと今住んでいるアパートより広くて、綺麗で、庭もあって、母親もいる。少なくとも、扇風機を強風にしても太刀打ちできないくらい室内にアルコールの臭いが充満した、こんな家ではないのだろう。

背後に広がる荒れ果てた部屋から目を逸《そ》らし、隆二は扇風機に顔を近づけて声を出す。

「あー……」

ひどく掠《かす》れた声が耳に届いて覚醒した。

昨日布団に倒れ込んだ格好のまま寝てしまったようだ。風呂に入るどころかジャンパーすら脱いでいない。時刻は午前七時になるところだった。

夕食もとらずに眠ってしまったが、まとまった睡眠をとったおかげか背中にべったりと張りつくような疲労感はだいぶ和らいでいる。直前まで見ていた夢の内容など反芻《はんすう》しながらあくびをした隆二は、はたと昨夜の出来事を思い出した。

(そうだ、昨日の宇宙人……!)

昨晩店に転がり込んできたあの男はどうなっただろう。慌てて立ち上がり、まずは道信の部屋を覗《のぞ》き込んだ。

家具一つない隆二の部屋と違い、道信の部屋には茶簞笥《ちゃだんす》やちゃぶ台などが置かれている。見たところ、部屋が荒らされた様子はない。念のため茶簞笥の中も覗いてみた。店の売上金が入った手提げの金庫は無事だ。鍵など壊された形跡もない。通帳類もきちんとしまわれていて胸を撫で下ろす。

しかしまだわからない。一階が荒らされている可能性もある。

足音を忍ばせて階段を下りてみると、店の電気がつけっぱなしになっていた。

一階も特に荒らされている様子はない。小上がりの隅に、寝息を立てる春川の姿があった。畳に座布団を並べて布団代わりにし、体にコートをかけて眠っているようだ。

それにしても、室内がやけに暖かいことに気づいて眉を寄せた。もしやとエアコンに目を向けると、思った通り電源がつけっぱなしだ。しかも普段より設定温度が三度も高い。

(何してくれんだ、こいつっ！　電気代もったいねぇ！)

隆二は表情を険しくしてエアコンの電源を切ると、春川がぐっすりと眠っているのを確認してから二階に戻る。手早くシャワーを浴びて身支度を整えると、今度は足音を隠さず一階に戻り、小上がりで眠っていた春川の傍らに立って大きく息を吸い込んだ。

「起きろ！　そして出ていけ！」

全力で怒鳴りつけると、春川の体がびくりと跳ねた。続けて、うう、とくぐもった声がして、コートの下から春川が顔を出す。

「……おはよう、朝から元気だね」

「挨拶はいいから出てけ。俺はもう仕事に行く」

「え、今何時……？」

喋《しゃべ》りながらも春川の瞼《まぶた》が落ちてきて、隆二は春川の体からコートをはぎ取った。

「うわ、寒……！」

「寒いわけないだろ！　勝手にエアコンつけやがって！」

「だって布団もないのに、寒くて眠れるわけないじゃないか……」

「いいから起きろ！　出てけ！」

昨日の夜は眠すぎてろくに春川とやり合えなかったが、今朝《けさ》は違う。隆二は寝ぼけ眼《まなこ》の春川の首根っこを掴むと、ほとんど引きずるようにして店の外に連れ出した。

「あー……、顔も洗わせてもらえなかった」

「一晩泊めてやっただけありがたく思え」

相手の言葉をはねつけるつもりで愛想もなく言い放つ。けれど春川は、眠そうに目をこすりながら、そうだね、と笑った。

「昨日はお世話になりました。本当にありがとう」

予想外に丁寧に礼を述べられ、引き戸に鍵をかけていた手元が狂った。

早朝から追い出してしまったが、これからどこか行く当てがあるのだろうか。そんな疑問が頭をよぎったが、隆二はそれに気づかなかったふりで春川に背を向けた。これ以上は関わるまいと、挨拶もせず駅へ急ぐ。

今日の仕事は建築現場ではなく、宅配業者の仕分け作業だ。仕事から帰ったらすぐ買い出しに行かなくては。献立は電車の中で考えよう。忙しくて息をつく暇もない。

歩き出せばもう頭の中は次の段取りでいっぱいだ。店の前に取り残された春川のことなど、駅に着くのを待たず隆二の頭から抜け落ちていた。

宅配業者の仕分け作業は、募集要項にこそ「軽作業」と書かれているが、実際は軽いことなど何もない。腰をやられそうな重い荷物をひっきりなしに運ぶので、午前の作業が終わる頃には毎回足腰がガクガクになる。

仕事を終えた後は、作業所の近くのコンビニで菓子パン一つと炭酸飲料を買い、イートインで一気に腹に流し込む。炭酸飲料は腹が膨れるからありがたい。

十分そこそこで食事を切り上げ、最寄り駅に戻ると商店街で買い出しをして回った。応対してくれた八百屋の主人も、魚屋の女将《おかみ》も、金物屋のご隠居も、揃《そろ》ってもの言いたげな顔で隆二を見る。道信は商店街の人たちに慕われていたから、みんな道信の病状が気になるのだろう。だが、はっきりと隆二にそれを尋ねる者はいない。必要最低限の会釈だけして商品を渡してくる。

隆二もまた、そそくさと会計を済ませて店を離れる。商店街の人たちと関わるのは苦手だった。道信が入院する前から。

ぱんぱんに膨らんだ買い物袋を両肩に下げ、隆二は重たい足取りで店へ戻る。ズボンのポケットから鍵を取り出し、ふと顔を上げて足を止めた。店の前に誰かいる。

店の引き戸に寄りかかるようにしてぼんやりと立っていたのは背の高い男だ。グレーのスーツに黒いチェスターコートはあまりにも見覚えがある。

さらりとした前髪の下の、形のいい額。長い睫毛。高い鼻。薄い茶色の瞳がこちらを見て、隆二と目が合うと整った顔にぱっと笑みが咲いた。あの華やかな美貌は見間違えるはずもない。春川だ。

追い出したはずの相手がまだ店の前にいたことに驚き、しばらくその場から動けなかった隆二だが、こちらを向いた春川の鼻の頭が赤くなっていることに気づくや、慌てて春川に走り寄った。

「あんた、まさかずっとここにいたのか？」

心配顔で駆けてきた隆二に春川は少し意外そうな顔をして、唇に微《かす》かな笑みを浮かべた。

「他に行くところがなかったから」

支離滅裂なことを堂々と語っていた昨日の夜とは打って変わって、春川の声は弱々しい。こんな寒空の下、半日も立ち尽くしていたのだから当然か。

隆二は両肩にぶら下げた買い物袋の持ち手を握りしめる。

春川に行くところがなかろうと、寒空の下で当てもなく立ち尽くしていようと隆二の知ったことではない。邪魔だと言って春川を押しのけ、店に入ってしまえばいいだけの話だ。そう自分に言い聞かせ、隆二は無言で鍵を持ち直して店の前に立った。

春川は何も言わず、大人しく隆二の挙動を見守っている。昨日のようになりふり構わず、泊めてほしい、ここにいたい、と大騒ぎしない。半分諦めたような顔で隆二を見ている。

隆二が春川を無視して店に入り、ピシャリと戸を閉めてしまっても、外で春川が騒ぎ出す気配はなかった。ただ、すりガラスの向こうに途方に暮れたように立ち尽くす大きな影が透けて見えるだけだ。

しばし沈黙した後、耐えきれなくなって隆二は再び勢いよく戸を開けた。

「あんた、昨日うちに泊めてやったんだからなんかお返ししろ！」

しおれた顔で地面に視線を落としていた春川が、弾《はじ》かれたように顔を上げる。

「そう言われても、手持ちがないんだ。カードならあるけど……」

「だったら労働で返せ。店の支度でも手伝えよ」

隆二は引き戸を開けたまま店の奥に入る。少し間があって、春川も店内に入ってきた。食材を抱えてカウンターに向かいながら、何をやっているんだ、と我ながら呆《あき》れた。あのまま無視していれば春川だって勝手にどこかへ行っただろうに。

（いや、でも、人手が欲しかったのは本当だし。ずっとあいつが店の前にいたら子供たちが怖がるし……）

胸の中で言い訳をしながら手を洗っていると、春川もカウンターの前までやって来た。

「僕もそっちに行っていい？」と尋ねてくる顔からは、殊勝な表情がすでに消えている。現金なくらいニコニコと笑う春川を見たら、やはりあのまま無視しておいた方がよかったかもしれない、と一抹の後悔が胸をよぎった。

苦々しい表情で頷《うなず》く隆二を尻目に、春川は鼻歌でも歌い出しそうな表情で上着を脱いでカウンターの中に入ってきた。横目で隆二の仏頂面を見て、喉の奥で低く笑う。

「君、雨の日に捨て猫なんて見つけたら放っておけないタイプだろう」

突然猫の話題など持ち出されて面食らったものの、隆二は小さく頷いた。

「小学生の頃、給食でくすねたパンを捨て猫と分け合ったことならある。雨は降ってなかったけど」

生真面目に答える隆二がおかしかったのか、春川は柔らかな声を立てて笑った。

「なんだか放っておけないね」

「普通そうだろ」

「猫じゃなくて君のことだよ」

あ？　と隆二は濁った声を上げる。どういう意味だと尋ねたつもりだったが、春川は楽しそうに笑うばかりで答えない。なんだこいつ、と思ったが、今は仕事が先だ。

「とりあえず上着とカバンはあっちに置け」

隆二はカウンターの奥の階段を指さす。急な階段の左手は八畳ほどのバックヤードになっていて、そちらに冷蔵庫や食器棚、食材などが置かれていた。はーい、と従順に返事をした春川がジャケットを脱ぐ。弾みでポケットから何かが落ちた。

レストランのレシートのようだ。日付は今日の午前中、注文内容はコーヒーとフレンチトースト。隆二が仕事をしている時間、春川は優雅にブランチなど取っていたらしい。

「……あんた、ずっとうちの店の前にいたわけじゃなかったんだな？」

「一日中店の前になんて立ってたら、近所の人たちから変な目で見られるからね。お腹《なか》も減ったし、午前中は食事をしに行ってたけど？」

この寒空の下、行く当てもなくずっと店の前に佇《たたず》んでいたのだろうと思ったからこそ春川を店に上げたというのに。何やら騙《だま》された気分で口を引き結ぶ。

むすっとした顔で黙り込む隆二に、春川はワイシャツの袖をまくりながら明るく尋ねた。

「それで、僕は何をすればいい？」

勝手に勘違いした自分が悪い。隆二は低い声で「料理の下ごしらえ」と答えた。

「食堂を開けるの？　店長もいないのに？」

「食堂っていうか、子ども食堂」

買ってきたばかりの米袋を開けながら答えると、春川が目を瞬《しばたた》かせた。

「子ども食堂って、満足に食事をとれない子供たちに食事を無料で提供するっていう？」

「多分それ。じいちゃんが始めたことだから俺はよく知らないけど」

「子ども食堂だけじゃなく、普通の食堂もやってるんだよね？」

どこまで詳しく説明すべきか迷ったが、春川にも手伝ってもらう以上、簡単な概要は知っておいてもらった方がよさそうだ。

「通常の食堂は十時から夜の八時まで営業してる。定休日は木曜と日曜。逆に子ども食堂は木曜と日曜の夕方五時から八時までと、月曜の朝だけやってる」

「子供からは一切お金をもらわないの？」

「子供からはもらわない。大人は三百円だけど、じいちゃんが入院してからは大人の利用は断ってる。店に来るのは子供だけ」

「店長と君と、二人でやってたの？　自治体とかボランティアさんのサポートは？」

隆二は米を研ぎながら、「難しいことはわかんねぇ」と鼻の頭に皺《しわ》を寄せた。

「自治体から金をもらうには申請とか手続きとか必要なんだろ？　じいちゃんそういうの面倒臭がって、昼の営業で出た利益で材料費とかはなんとかしてたっぽい。あとはじいちゃんの年金突っ込んでるって言ってた。貯《た》めといても使い道ないからって。商店街の人たちも野菜とか米とか寄付してくれてたらしいけど、今はじいちゃん入院中だから」

隆二はまだ商店街の人たちと馴染《なじ》みがない。商店街の人たちも隆二を警戒して滅多に声をかけてこないので、子ども食堂に寄付をしてほしいとはなかなか言い出せなかった。

「だから、俺が日雇いのバイトして食材買ってる」

「子ども食堂の運営も大変なんだね。ところで、そろそろ僕にも指示してくれる？」

流し台の前で手持ち無沙汰にしている春川に言われ、とりあえずジャガイモの皮を剝《む》いてもらうことにした。

今日のメニューは唐揚げとフライドポテトとブロッコリーのお浸し、豆腐の味噌汁《みそしる》に白米だ。道信がいた頃はもう少しバランスを考えた献立だったが、隆二にはそれほど料理のレパートリーがない。とりあえず子供が食べそうなものを用意するのが精いっぱいだ。

「そういえば、店長はどうして入院してるの？」

隆二は米を炊飯器にセットして、「事故」と答えた。

「一週間前、商店街でバイクと接触事故起こした。怪我《けが》は大したことなかったけど、頭を打って意識が戻らない」

「……そうか、それは心配だね。君も不安だろう」

隆二は買ってきた野菜に手を伸ばそうとして動きを止める。振り返ると、春川が不慣れな手つきでピーラーの刃をジャガイモに当てているところだった。

「早く意識が回復するといいね。気が気じゃないだろうけど、今はできることをして待つしかない。不安でどうしようもなくなったら、たまに深呼吸してごらん」

不器用に手を動かしながら優しく笑う春川を見詰め、隆二は春川に背を向けてこっそり深呼吸をしてみる。そして、やっぱりこいつは宇宙人だな、と思った。

商店街の人たちは隆二を見ても「心配だね」とは言ってくれない。それどころか商店街の会長のように、仮にも孫ならちゃんとしろ、と詰め寄ってくる。

隆二だって道信を心配しているのだが、それは他人に伝わらない。ぶっきらぼうな物言いのせいだろうか。それとも感情が顔に出にくいのか。

でも春川は隆二の不安に気がついた。隆二の言葉や表情以外から何か読み取ったのかもしれない。言葉の代わりに電波をキャッチする宇宙人みたいに。

「そういえば、まだ君の名前聞いてなかったんだけど教えてもらっていい？」

危なっかしい手つきでジャガイモの皮を剝きながら春川が言う。

「……中井」

「それはわかってるよ。中井食堂だからね。下の名前は？」

「隆二」

「中井隆二君ね。年は？」

「十九」

「そんなに若いのかぁ。大人びてるからわからなかった。ちなみに僕は今年で三十」

聞いてもいないのに、春川は歌うような口調であれこれ喋る。賑《にぎ》やかなラジオのようだ。

隆二も唐揚げの下準備をしながら相槌を打つ。愛想のない短い返事しかできなくても、春川は気にした様子もない。

道信が入院してから一週間。

料理を作るとき、こんなふうに誰かとお喋りをするのも一週間ぶりのことだ。

慌ただしかった手つきが自然と落ち着いていくのを感じながら、隆二は黙々と調理を続けた。

子ども食堂は十七時からスタートだが、直前になっても隆二は揚げ物を続けていた。一人で大人数の料理を作るのはまだ慣れない。春川に手伝ってもらってもあまり時間は短縮できなかった。そもそも春川を戦力に数えること自体間違っている。

ジャガイモの皮剝きにやたらと時間がかかっていた時点でなんとなく察しはついていたが、春川はまったく料理に不慣れだった。「包丁を握るのなんて小学校の調理実習以来だ」と真顔で言って、自分の指まで切り落としそうな危なっかしい手つきで野菜を切り始めたので、早々に包丁は取り上げた。フライドポテトを揚げるときも、「もう揚げていいかな、まだかな。もういい？」と何度も隆二に確認してくるのでいっそ邪魔だったくらいだ。

しかし春川はやる気だけはあるらしく、自ら進んで仕事を探し、カウンター奥の階段脇から暖簾など持ちだしてきた。

「そろそろ店を開ける時間だけど、表にこの暖簾出しておく？」

中井食堂、と染め抜かれた紺色の暖簾を横目で見て、隆二は「出さない」と答えた。

「どうして？　暖簾が出てないと子供たちも入ってこられないんじゃないの？」

「暖簾がなくても子供たちは普通に入ってくるから問題ない。それに今はじいちゃんがいないし、知らずに普通のお客さんが入ってきても困るだろ」

普通の客に提供できるような食事は用意できない。それ以前に、道信がいない状態で店を開けていいのかさえ隆二にはよくわかっていないのだ。

隆二は料理に関する資格をなんら持っていない。もちろん食品衛生の資格などもない。だから道信が入院した後、食堂の通常営業は中止せざるを得なかった。だが、問題は子ども食堂だ。のっぴきならない事情で子ども食堂に通っている子供もいるだけに、極力店は開けておきたかった。

そこで隆二は、こっそり子ども食堂を開けることにした。建て前は、食堂ではなく隆二個人が子供たちに食事を振る舞っている、ということにしている。だから当然金はとらない。大人も入れない。暖簾も出さない。商売ではないので問題ない。そんな言い訳が通用するのかもわからぬまま、隆二はひっそりと子ども食堂を続けていた。

その辺りの裏事情は春川に伝えることなく調理を続けていると、十七時ぴったりに最初の子供が店にやって来た。

「こんちはー！　兄ちゃん、今日のご飯何？」

小学五年生の男子が三人、ぞろぞろと店に入ってくる。

子供たちは勝手知ったる様子で小上がりに上がって座卓に陣取る。隆二が調理の手を止めぬまま「唐揚げ」と答えるとわっと歓声が上がった。

「やった！　じいちゃんは煮物とか煮魚多かったから」

「そういえば中井のじいちゃんは？」

「まだ入院中」

「そっちの兄ちゃんは？」と子供たちが春川を指さす。隆二はしばし迷ってから、ぶっきらぼうに「臨時バイト」と答えておいた。

春川も「バイトの春川です」と答え、隆二の隣で声を潜めて笑う。

「兄ちゃんだって。よかった、おじさんとか言われなくて」

「そういうこと気にする辺りがもうオッサンだろ」

ひどいな、と春川が苦笑したところで今度は小学生の女子二人組がやって来た。彼女たちも初めて見る春川を気にしている様子だ。先んじてそれに気づいた春川が、「臨時バイトの春川です」と挨拶をしている。子供といえどもいい男の見分けはしっかりつくようで、女子二人はカウンターに戻っていく春川の背中を熱心に目で追っていた。

子ども食堂にやってくるメンバーは大体決まっていて、毎回十人程度の子供が集まる。下は小学一年生から、上は中学三年生まで。中学生は一人だけで、後は全員小学生だ。

道信が入院してからメインのおかずは大皿で提供するようになったので、子供たちは自然と小上がりに集結するようになった。

いつものメンバーが大方揃ったところで、隆二は白米と味噌汁をよそって春川に配膳をさせた。途中、ぐぅ、と盛大に春川の腹が鳴る。

「……春川さんも食っていいっすよ」

初めて春川の名を呼んだ。年上なのでさんづけしたら、なんとなく口調も改まる。

「僕までいいの？」と目を丸くする春川に頷いて、隆二は春川の食事も用意した。子供たちの前に箸と味噌汁と白米が並んだのを見て、おかずを載せた大皿もテーブルに並べる。まずはブロッコリーのお浸し、フライドポテト、最後に唐揚げ。

ドン、ドン、ドン！　と隆二が大皿をテーブルに置くと、子供たちに交じってテーブルについていた春川が両手を合わせた。

「では、いただきまーす」

と春川が言い切る前に子供たちは箸を摑み、わっと大皿に向かって手を伸ばす。全員が示し合わせたように唐揚げの皿を狙い、山盛りの唐揚げが一瞬で消えた。

この間わずか数十秒。春川は両手を合わせたまま、トンビやハゲタカが獲物をかっさらうがごとく子供たちが唐揚げを奪っていくのを見ているしかなかったようだ。

「……えっ！　唐揚げは⁉　いただきますの挨拶は⁉」

驚愕《きょうがく》の表情で空っぽの大皿を見詰める春川を、高学年の男子小学生たちが「遅い遅い」「食いっぱぐれてやんの」とはやしている。自分たちはきっちり唐揚げを白米の上に確保した状態でだ。

「君たち、食事を食べる前の挨拶はしっかりしないと駄目じゃないか！」

「そんなことしてたらおかずがなくなっちゃうじゃん」

「奪い合わずに分け合うんだよ、そこは……！」

大量の料理をなんとか作り終えて疲弊していた隆二は、ぐったりとカウンターに座って小上がりの様子を眺める。

春川は大人のくせに本気で子供たちと諍《あらそ》いをしている。食事の前は挨拶をしろだの、おかずは全員平等に食べるべきだの熱弁を振るっているが、そうこうしている間にフライドポテトの盛られた皿もみるみる空に近づいているのに気づいているのだろうか。

「一応、揚げ物は第二陣もあるんで」

しばしの休憩を挟み、カウンター席から立ち上がった隆二は春川に声をかける。遅れてくる子供たちのために、おかずは十七時と十八時の二回提供するのだ。

しかし二回目に揚げ物を持っていったときも、春川はあえなく子供たちとのおかず争奪戦に敗れていた。唐揚げに目の色を変えた子供たちの攻勢に大人が勝つのは難しい。春川はしきりに分け合うよう叫んでいたが、誰も耳を貸そうとしない。

大騒ぎをしながら食事を終えた子供たちは、二十時に店が閉まるまで各々《おのおの》自由に過ごす。すぐに帰ってしまう子供もいるが、宿題をしたり、自宅から持ってきた携帯ゲーム機で遊んだりと店に残る子供も多い。事情もそれぞれで、友達と一緒に遊びたいから店に留《とど》まる子もいれば、親が仕事で遅くまで帰ってこないのでここで過ごす子もいた。

途中、唯一の中学生である清正《きよまさ》が食器を片づけがてらカウンターにやって来た。

詰襟の制服を着た清正は、「ごちそうさまでした」と言いながら汚れた器を手渡してくれる。カウンター越しにそれを受け取った隆二は、店の奥のテーブル席を指し示した。

「今日も勉強してくんだろ？　そっち使っていいぞ」

清正は受験生だ。年明けには高校受験が控えている。他の子供が飛んだり跳ねたり叫んだりしている小上がりでは勉強がしにくいだろうと、いつも食後は店の奥のテーブルを使わせていた。

清正は隆二にぺこりと頭を下げると、早速奥のテーブルで勉強を始めた。隆二はその横顔をちらりと見て、また小上がりに視線を戻す。清正の唇の端が切れていることについては言及しない。子ども食堂にはいろいろな事情の子供が集まる。そういうものだ。

小上がりで食事をしているのはもう春川だけだ。おかずはほとんど食べられなかったのか憮然《ぶぜん》とした表情で、それでも背筋を伸ばして食事をする姿に育ちのよさが見て取れた。

十九時を過ぎると少しずつ子供たちも帰り始め、二十時になる頃にはもう二人しか店内に残っていなかった。清正と、小学二年生の力哉《りきや》だ。力哉の母親は真夜中にならないと仕事から帰ってこない。それが淋《さび》しいのか、力哉はいつも最後まで店にいる。

「そろそろ店閉めるぞ。送ってくから帰り支度しろよ」

隆二が声をかけると二人とも無言で支度を始めた。遅くなったら子供たちを家の近くまで隆二が送っていくのが決まりだ。

食事の後もずっと子供たちの相手をしていたせいかぐったりしている春川に「ちょっと行ってくる」と声をかけ、三人で店を出る。

外に出たところで会話はない。清正はもともと口数が少ないし、力哉も大人しい子だ。しばらく歩くとぽつぽつと雨が降ってきて、ますます会話どころではなくなった。ろくな話もしないまま足早に力哉を家まで送り届け、清正ともその場で別れた。

「また来いよ」

別れ際、隆二は短く二人に声をかける。相変わらず清正の唇は腫《は》れていて、力哉は汚れた襟から折れるほど細い首を覗かせていたが、それ以上かける言葉が見つからない。

子ども食堂に来る子供たちには様々な事情がある。だが、あの店の経営者でもなく、子供を支援する知識があるわけでもない自分にできることは少ない。できるのは、これまで通り食事と居場所を提供することくらいだ。

だからこそ子ども食堂は続けなければと思う。せめて道信が帰ってくるまでは。

雨が本降りになる前に食堂に戻ると、カウンターの中に春川がいた。

「お帰り。隆二君のご飯の支度しておいたよ」

「隆二君」なんて他人から呼ばれたのは初めてで、とっさに反応できなかった。慣れないだけに妙にこそばゆく、しかめっ面で店に入ると、あれ、と春川に首を傾《かし》げられる。

「子供たちがいるときは何も食べてなかったみたいだったけど、違った？　おかずはもうないから、ご飯と味噌汁だけ用意しておいたよ。自分のおかずも少しくらい取り分けておけばよかったのに」

座って、と促されカウンターに腰を下ろす。カウンター越しに白米と味噌汁をよそった器を渡され、隆二は「いただきます」と両手を合わせてから箸を取った。

「隆二君はちゃんと『いただきます』が言えて偉いね」

出し抜けに声をかけられ、隆二は口元に運びかけていた箸を止める。

些細《ささい》なことで揚げ足をとられることには慣れていても、褒められることには慣れていない。隆二君と呼ばれるのもやっぱり落ち着かず、無言で味噌汁をすすった。

「それにしても、さっきは僕だけ店に残して出ていくから驚いたよ。僕が泥棒か何かだったらどうするの？　君がいない間に盗みを働くかもしれないのに」

もくもくと白米を噛《か》んでいた隆二は、何を今更と眉根を寄せた。

「そんなことするなら昨日の夜、俺が寝てる間にしてるはずだろ。それにあんた、食事の支度手伝ってくれたから」

「それだけで僕のこと信用してくれたの？」

よほど驚いたのか春川は声を裏返らせ、脱力したように肩を下げた。

「十九歳ってそんな感じだっけ。それとも君、ちょっと怖い見た目してるくせにお人好しだったりする？　脇が甘いなぁ」

「なんだよ、馬鹿にしてんのか？」

むっとして言い返すと、違うよ、と苦笑された。

「どちらかというと心配してる。僕のこと信頼してくれたのは嬉《うれ》しいけどね」

信頼なんて大それたものではない。ただ、大丈夫だろうと思っただけだ。いわば勘のようなものだったが、春川の機嫌がよさそうだったので黙っていた。

春川はやかんで湯を沸かすと、食器棚から急須を出して緑茶を淹《い》れてくれた。半日カウンターの内側にいただけで、大体の食器の位置を覚えてしまったようだ。

「はい、お疲れさま」

そう言って春川が差し出してくれた湯呑《ゆのみ》を見たら、体の芯が緩むような感覚を覚えた。道信も食堂を閉めた後、同じことをしてくれた。それを思い出したせいかもしれない。

当たり前のような顔で食器を洗っている春川を眺め、隆二はズズッと緑茶をすする。

（……今夜、こいつどこ行くんだろ。今度こそ野宿とかすんのかな）

隆二は春川に、昨日泊めてやった分働けと言っただけで、今夜も泊めるとは言っていない。洗い物を終えたら春川はまたどこかへ行くのだろうか。

互いに黙り込むと、地面を打つ雨の音が店内に薄く漂った。雨は本降りになったようだ。

こんな夜に、行く当てもない春川を外に追い出すのは酷だろうか。

（もう一晩くらいだったら、泊めてやっても……）

いいかもしれない、と思った矢先、誰かが店の引き戸をガンガンと叩《たた》いた。

驚いて隆二は椅子から腰を浮かせる。時刻は夜の九時近い。こんな時間に何事かと身構えた隆二の傍らを、春川が軽い足取りで通り過ぎた。

春川が頓着もなく開けた引き戸の向こうには、雨でジャンパーを濡《ぬ》らした配達員の男性が立っていた。大きな段ボール箱を抱え、「中井食堂の春川様ですか？」と春川に確認している。

中井食堂の春川様ってなんだ、と固まる隆二の前で、春川はにこやかに「そうです」と返して配達員から荷物を受け取り、戸惑い顔の隆二に向かって笑顔で言った。

「よかった、特急便で注文したから今日中に間に合って。ここの店、ネットで検索しても全然引っかからないから外の番地を見て住所入力したけど、ちゃんと届いたね」

「何勝手にここを受取先にしてんだよ……？　ていうか、なんだそれ？」

春川が抱えている段ボール箱はとにかく大きい。隆二が限界まで体を縮めれば中に入れそうだ。側面には大手通販サイトのロゴが印刷されている。

春川は小上がりに段ボール箱を置くと、慣れた様子でカッターも使わず梱包《こんぽう》をほどき始めた。

「来た来た、羽毛布団と枕の三点セット」

「……布団？」

「昨日はエアコンをかけて寝たけど、さすがに寒かったからね。体も痛かったし、布団だけは早急に手配しないといけないと思って。あ、よかった。着替えも一緒に届いてる」

真空パックされた布団だけでなく、下着とスウェットまで箱から出てきて、隆二は勢いよく椅子から立ち上がった。

「なんでそんなもん買ってんだ！　まさかあんた、このままここに居つく気か⁉」

「そのつもりだけど」

「こっちは一つも了解してねぇぞ！　どういう思考回路だ！」

隆二は大股で春川に近づくと、ワイシャツの襟首を摑んで引き寄せる。春川は抵抗するでもなく両手を脇に垂らして笑っているから本当に怖い。何を考えているのだ。

「そもそもあんた、どうやってこれ買ったんだよ？　金は？」

「現金はないけど、カードならあるから」

「カード使ったら足がつくとかなんとか言ってなかったか？」

春川はふいに真顔になると、ワイシャツの襟首を摑む隆二の手にそっと手を重ねた。大きな手の感触に驚いて、隆二はとっさに春川から手を離す。

春川は隆二の手を追いかけることなく、乱れた襟元を直しながら真剣な顔で頷いた。

「そうなんだ。うちの秘書は恐ろしく有能だから、都内のホテルをしらみ潰しに回って僕の名義でカードが使われていないか確認することくらい、きっと簡単だと思う。でも、大手通販サイトのカスタマーセンターに顧客情報を問い合わせるのはさすがに難しいと思うんだ。だから買い物に踏み切った」

春川の口調は重々しく、重大な話でも打ち明けられている気分になるが実際のところはどうだろう。適当な言葉を重ねているだけではないのか。都内のホテルをしらみ潰しに回る秘書なんて本当にいるのか。もっと言うなら春川は、三十歳という若さで秘書を使うような人間なのだろうか。

「……あんた、どこまで本気で喋ってんだ？」

今更のように春川の得体の知れなさに怯み、じりじりと後ずさりしながら隆二は尋ねた。対する春川は思案げな顔で顎など撫でている。

「まあ、本気でうちの秘書が都内の全ホテルに問い合わせをするかどうかと言われると僕も自信はないんだけどね。でもうちは社員が多いから、人海戦術もやってできないことはない。念には念を、と言ったところかな。今はどうしても家に帰りたくない。連れ戻されないためならば僕はなんだってするし、用心深くもなるさ」

「マジで意味がわからん。帰ってくれ」

今までで一番本気のトーンで隆二が訴えると、春川が「それは困る」と隆二に詰め寄ってきた。

「もうしばらくここにいさせてほしい。縁もゆかりもないこんな場所に僕がいるなんて、うちの秘書だってさすがに気づかないと思うんだ」

「あんたの事情なんて知らねぇよ。頼むから出ていってくれ」

「そう言わずに、僕をここで働かせてくれないか。住み込みで」

「無理だ、人を雇う余裕なんてない」

「給料はいらない。ここで寝泊まりさせてもらえれば十分だ。むしろこっちが子ども食堂に寄付をしてもいい。店のことも手伝うよ。料理は苦手だけど簡単な下準備なら手伝える。それから配膳と洗い物と、食堂に来た子供たちの面倒も見る」

瞬間、ぐらりと心が揺れたのが自分でもわかった。

子ども食堂にやってくるのは毎回十人から十五人。この人数の食事を一人で作って、食事中の子供たちの面倒を見て、さらに後片づけをするのはさすがに辛いと思っていたところだ。加えて隆二は食材費を捻出するために日雇いバイトまでしている。

せめてもう一人いてくれたらまだましなのに、と思っていただけにぐらついた。

苦しい表情で黙り込んだ隆二を見詰め、春川は「何を悩んでるの？」と静かに問う。

「……あんたの身元がわからない」

「身元がわかればいいんだね？」

言うが早いか春川は身を翻し、カウンター奥の階段脇に置いてあったビジネスバッグを持ってきた。

「これ、僕の名刺」

差し出された名刺には、春川の名前と、春川コーポレーションという社名が印刷されていた。なんの会社か知らないが、とりあえず社名と春川の苗字《みようじ》が一緒であることはわかる。

ぴんと来ない顔をしている隆二を見て春川は肩を落とす。

「うちの会社、結構知名度高いと思ってたんだけど若い子には浸透してないか……。ゼネコンって言ったらわかる？　総合建設業の方がわかりやすいかな」

「うちの会社？　あんたの？」

「正確には、僕の父親が代表取締役をやっている会社かな」

「だったらあんた、社長の息子？　それ、凄いことなんじゃないか？」

「凄いかどうかはわからないけど……」と春川は肩を竦《すく》める。

「とりあえず、この家から金目のものを盗むくらいなら土地ごと買い取る。その程度の財力はあるから、妙な犯罪に巻き込まれる心配はしなくていいよ」

隆二はじろじろと名刺を眺めた後、不信感も露《あら》わに春川に名刺を突き返した。

「それだけ金があるのなら、なんかもっと、上手いやり方があるんじゃねぇの……？」

潤沢な財力をもってすれば身を隠す方法などいくらでもあるのではないか。こんな下町の食堂に転がり込んできた春川の真意がわからない。

手元に戻ってきた名刺を見下ろし、春川は弱り顔で頭を掻《か》く。

「確かにいくらでも方法はあったけど、今回は突発的な家出だったから」

名刺をワイシャツの胸ポケットに入れ、春川は長い睫毛を伏せた。

「子供の頃から反抗らしい反抗もしたことがなかったから、人生で一回くらい、周りから眉を顰《ひそ》められるほど無計画で無鉄砲なことをやってみたかったんだ」

言いにくそうに口ごもって、出てきた言葉は不良に憧れる優等生が口にしそうな平凡なセリフだった。自分でもその自覚があるのか、照れくさそうな顔で春川は続ける。

「本気で計画を立ててたら行方《ゆくえ》をくらませることなんて簡単だ。でも、いい年をして家出なんて、本気でやることでもないかな、と……。だからわざと杜撰《ずさん》な計画を立てた。縁もゆかりもない土地で、もしも匿《かくま》ってくれる人が現れたらしばらく身を隠してみよう、無理なら帰ろうって。昨日だって、君が警察を呼ぼうとしたらすぐ引き下がるつもりだったよ」

警察を呼べばよかったのか、と今更気づいて隆二は天を仰ぐ。流血沙汰の大喧嘩にならない限り警察なんて駆けつけないだろうと思っていたので、不審者がふらふらと店に入ってきたくらいで通報しようなんて頭の隅にも浮かばなかった。

険しい顔で目を閉じた隆二を見て、春川は窺《うかが》うような声で言う。

「今からでも警察を呼ぶ？」

そうすれば、春川はすんなりここを出ていくだろう。それが一番手っ取り早い。

片手で目元を覆い、隆二は指の隙間から春川を見遣《みや》る。

春川は、サイコロを振るように自分の運を試しただけだ。いい年をして家出をするなんて恥ずかしいという理性と、それでもじっとしていられなかった感情がせめぎ合った結果、昨日の狂騒に及んだのだろう。そのことを包み隠さず打ち明けた春川の表情には、己を恥じるような色が滲《にじ》んでいた。

(宇宙人じゃなかった)

春川が妙な人間であることは間違いないが、思っていたよりはまともなのかもしれない。少なくとも子ども食堂を手伝ってくれたし、隆二がいない間に店の中を荒らさなかった。

しばし沈黙してから、隆二は目元を覆っていた手を下ろす。

「……ここにいさせてやったら、子ども食堂手伝ってくれんのか？」

春川は目を丸くして、一拍置いてから慌てたように、もちろん、と頷いた。

「給料は一銭も払えねぇけど」

「いらないよ。ここで寝起きさせてもらえるだけで十分だ」

「万が一おかしなことしたら警察呼ぶぞ」

「わかってる。気に入らないことがあったらすぐ言ってほしい。改善するから」

必死の形相を浮かべる春川を見て、隆二は鼻から息を吐いた。

「だったら、二階の部屋、使っていい」

春川が大きく目を見開く。と思ったら、大股で隆二のもとに歩み寄ってきて歓喜の表情で両腕を広げた。

「ありがとう！」

一声叫ぶや、春川がガバリと隆二を抱きしめてくる。

予想外の行動に驚いて、動くことはおろか声を上げることさえできなかった。抱擁なんてこれまで隆二が生きてきた文化圏にはなかった行動だ。背中に回された春川の腕はすぐに離れたが、抗議の言葉すら出てこない。

「よかった。じゃあ早速この布団も二階に運ばせてもらうね。あ、シャワーも借りていい？　昨日から風呂に入れてなくてさすがに気持ち悪くて。階段こっち？」

「ま、待て、案内するから先に行くな……！」

布団の入った段ボール箱を抱えて階段を上ろうとする春川を追い越し、隆二は足音も荒く階段を上る。途中、赤くなった頬を乱暴に手の甲で拭った。早まったかもしれない、と今更思う。

（こいつ、いつでもこんなふうに抱きついてくるわけじゃないよな？）

きっと今は感極まってしまっただけだ。そう思いたい。でなければ困る。ちょっと抱きつかれたくらいでいちいち顔を赤らめていたら、さすがに不審に思われそうだ。

後ろからついてくる春川の足音を聞きながら、警察に通報する以上に確実に春川を追い返す方法があったのではないか、と隆二は思う。

（もしも俺がゲイだって知ったら、尻尾《しっぽ》巻いて逃げ出すんじゃないか……？）

少なくとも警戒はされるだろう。そちらの方が隆二としてもありがたい。特別春川のことが好みというわけではないが、さっきのように急に抱きつかれたりしては動揺する。

いっそこの場でカミングアウトしてやろうか。そんなことを考えて振り返った隆二だが、大きな段ボール箱の向こうから顔を出した春川がにっこりと笑うのを見て口を閉じた。

少数派に対する偏見の目は未《いま》だ根強い。隆二の性的指向を知れば、春川は隆二に嫌悪の目を向けてくるかもしれない。

自分よりずっと年上のくせに、やたらと屈託のない春川の笑顔が一瞬でかき曇るところなど今は見たくなくて、隆二は何も言わずに前を向いた。


朝、目覚まし代わりに使っている携帯電話のアラームで隆二は目を覚ます。

手探りでアラームを止めるが部屋の中はまだ暗い。時刻は朝の四時半だ。布団の中はぬくぬくと温かく、二度寝の誘惑に何度も屈しかけたが、低く呻《うめ》いてなんとか布団の外へ出た。早朝の廊下は冷え切っていて、爪先立ちで洗面所へ向かう。

自室に戻ろうとして襖に手をかけ、直前で動きを止めた。いつものくせで納戸の隣の部屋を開けようとしてしまったが、ここは昨日から春川に貸しているのだった。

春川を泊めることになったはいいものの、一体どの部屋を貸すべきか。悩んだ末、隆二はこれまで自分が使っていた六畳間を春川に貸すことにし、自身は道信が使っていた部屋に移動した。道信の部屋には手提げ金庫や通帳がある。大企業の御曹司《おんぞうし》である春川が下町食堂の売上金など盗んでいくとも思えなかったが、万が一を考えてのことだ。

身支度を整えて再び廊下に出た隆二は、春川の部屋の前を通り過ぎざま耳をそばだてる。春川の部屋からは物音一つ聞こえない。おそらくまだ眠っているのだろう。なんとなく足音を忍ばせて一階に下り、朝から五合の米を研いだ。

米を炊飯器にセットして、昨日のうちに買っておいた野菜や肉を冷蔵庫から取り出す。朝食の献立は、おにぎりと豚汁、ウィンナーに玉子焼きだ。春川はどうせろくに野菜も切れないだろうと、食材を切るところまでは隆二が一人で作業をした。

五時半を過ぎる頃に下準備が終わり、隆二はいったん二階に戻る。

「春川さん、起きてますかー」

春川に貸している部屋の前に立ち、一応廊下から声をかけてみたが返事はない。もう一度「春川さーん」と声をかけ、スパンと音を立てて襖を開けた。

「朝だぞ、起きろ！　飯の支度を手伝え！」

遠慮なく大声で怒鳴ってやると、真新しい布団をかぶって寝ていた春川が飛び起きた。

上体を起こした春川はまだ薄暗い室内を見回して、「何時？」と掠れた声で尋ねた。

「五時半過ぎたとこ。六時半には店開けるから、早く起きて支度しろ」

「……え、朝から、店?」

「子ども食堂は木曜と日曜に夕食出して、月曜は朝飯出すって説明しただろ」

春川は何度も目を瞬かせ、「され、た……かも……?」と切れ切れに呟いた。まだ半分覚醒していないようだ。

どうあれここに居候をするなら子ども食堂を手伝ってもらうのは絶対だ。早くしろよと春川を急《せ》かして隆二は一階に戻る。

しばらくすると、春川が生あくびをしながら二階から下りてきた。真新しい黒いスラックスにワイシャツという、スーツと代わり映えのしない姿で隆二の隣に立つ。

「……いい匂いだね」

春川は朝に弱いらしく、豚汁の鍋を見下ろしてぼんやりした顔で呟く。隆二は玉子焼き器に溶き卵を流し入れて口早に告げた。

「米が炊《た》けたら、おにぎり握るの手伝えよ」

「え、僕が?」

予想外の言葉だったのか、ようやく春川の表情がはっきりしたものになった。

「握り方なんてわからないよ」

「茶碗《ちゃわん》に軽く米よそって、三角に握ったらおしまいだろ」

「具はどうやって詰めるの？」

「詰めない。全部混ぜ込む」

喋っているうちに米が炊けたので、隆二は釜《かま》の米をざっくりと三等分して大きなボウルに移した。そのうちの一つには鮭《さけ》フレーク、もう一つにはゆかり、最後の一つに醤油《しょうゆ》と鰹《かつお》節《ぶし》を加えてよく混ぜる。

春川に薄手のビニール手袋を渡し、隆二もそれをつけて早速おにぎりを握る。春川はしばらく隆二の動きを眺めてから、見よう見真似でおにぎりを握り始めた。

「あつ……っ、熱いよ、これ！」

「炊き立てなんだから当然だろ。これでも少しは冷めてるぞ」

「全然固まらない、ぼろぼろ崩れてくる……」

「力が弱い。もうちょっと力入れて大丈夫だ」

「……三角形にならない。四角くなる」

「逆にどうやってんだよ、それは」

結局、隆二が鮭フレークと醤油のおにぎりをそれぞれ十個握る間に、春川はゆかりのおにぎりを三個しか握れなかった。しかもどれも三角とは言いがたい不格好な形だ。

残りのゆかりおにぎりは隆二が握って皿に並べる。その間に、春川には小上がりのテーブルを拭いたり、店の鍵を開けてもらうことにした。

「まだ七時にもなってないけど……こんな時間から子供たちが来るの？」

「近くに小学校があるから、八時まではパラパラ来る」

そんな話をしていたら、六時半ぴったりに店の戸が開いた。やって来たのは制服を着た清正だ。おはよう、と声をかけ、出来立ての豚汁をよそってやる。

清正は豚汁とおにぎりを二つ食べると、早々と空にした器を持ってカウンターにやって来た。

「もういいのか？　お代わりもあるけど」

「大丈夫です。ごちそうさまでした。奥で勉強してもいいですか？」

「ああ、いいよ。八時半までは店開けとくから、好きにしてていい」

清正はぺこりと頭を下げ、昨日と同じく店の奥のテーブル席で勉強を始めた。

七時近くになるとランドセルを背負った子供たちも続々と店にやって来た。高学年男子が三人、女子が二人とまとめて現れたので、隆二は手早く豚汁を用意する。

「春川さんも一緒に食ったら？　子供たちのこと近くで見ててもらえるとありがたいし」

何気なく言い放つと春川の顔色が変わった。なぜかひどく真剣な表情になって、豚汁片手に「わかった」と頷く。よほど腹でも減っていたのかと思ったら、しばらくして小上がりの方から春川と子供たちの諍う声が聞こえてきた。

「まずは『いただきます』を言いなさい！　作ってもらった人に感謝して！」

「言った、言った。いただきまーす」

「おにぎりを摑んでから言うんじゃない！　両手を合わせて……」

「俺、鮭食べよ」

「俺も俺も」

「話を聞きなさい！」

　何かと思えば、春川が高学年男子三人に「いただきます」の挨拶をさせようと奮闘していた。あの三人は昨日も食堂に来ていたはずだ。春川がいただきますと手を合わせている隙に唐揚げをかっさらって、愕然《がくぜん》とする春川を面白がって煽《あお》っていた。

　あの出来事がよほど悔しかったのか、春川は本気で子供たちと口論をしている。いい大人が何をやっているのだろう。唐揚げ一つでそんなに怒るなよ、と思いながら、隆二は使い終わった調理器具の片づけを始める。

　春川は子供たちの箸の持ち方にまで言及しているようだ。最初は子供たちも面白がって「こう？」「こうか？」なんて箸の先をカチカチ鳴らしていたようだが、業を煮やした春川が「こうだ、こう！」と男子の後ろからがっちり手を摑んで指導し始めた辺りで「しつこい！」「うるせー！」とうんざりしたような声を上げ始めた。

　そろそろ止めに入った方がいいだろうかと様子を窺っていたら、四人掛けの座卓で大人しく食事をしていた女子二人が春川に声をかけた。

「あの、私たちの箸の持ち方はどうですか？　合ってますか？」

女子二人はもじもじした様子で春川に声をかけている。春川も男子生徒を追いかけ回すのはいったん中断して、女子二人の隣に移動した。

ぎくりとして隆二は洗い物の手を止める。男子小学生の手をがっちりと握ってああだこうだと言っていた春川だ。女子にも同じことをしないだろうかとはらはらしたが、春川は不用意に女子との距離を詰めたり手を摑んだりすることなく、じっくりと二人の箸遣いを見て「うん、上手だね」と微笑《ほほえ》んだだけだった。

隆二はホッと胸を撫で下ろす。春川に妙な下心がなくとも、こういうご時世だ。若い男が女子生徒の体を触ったとなれば、なにがしかの問題に発展する可能性もある。

男子三人は、自分たちはさんざん駄目出しされたのに女子だけ褒められたのが面白くなかったのか、ランドセルを引っ摑むと皿に残っていたおにぎりを指さして叫んだ。

「おにぎりも上手く握れないくせに、偉そうにすんな！」

皿の上には、春川の握った歪《いびつ》なおにぎりがまだ三つとも残っている。これはなかなかに急所を突く言葉だったようで、春川が絶句した隙に三人は店を飛び出していってしまった。

項垂《うなだ》れる春川を、残った女子二人が「大丈夫ですよ」「練習すればすぐ上手くなります」と励ましている。大人が子供に慰められる姿がおかしくて、カウンターの中からその様子を見ていた隆二は声を殺して笑った。

(こんなふうに笑ったの、じいちゃんが入院してから初めてかも)

笑いながら、カウンターの隅に置かれた電話にちらりと目を向ける。

病院からは未だに連絡がない。ということは、道信はまだ目を覚ましていないのだろう。

そろそろ見舞いに行きたいところだが、今日も店を閉めたらバイトに行かなければ。

久々に浮かんだ笑みはすぐに消え、隆二は思い詰めた表情で溜息をついた。

その後もちらほらと小学生がやってきたが、全員八時を過ぎる頃には店を出た。

最後まで残っていたのは中学生の清正だが、清正も八時十五分には慌ただしく勉強道具をまとめて店を出ていく。もう店を訪れる子供もいないだろうと、隆二は豚汁をよそってカウンターに腰を下ろした。

「隆二君、これからご飯食べるの？　おにぎりこれしか残ってないけど……」

春川がおずおずとカウンターに持ってきた皿にはゆかりのおにぎりが二つ載っている。歪なそれは、両方とも春川が握ったもので間違いない。

「一つは僕が自分で食べたんだけど。子供たちは手をつけてくれなくて……」

「いいよ。味は変わんねぇし」

隆二は気にも留めず、平行四辺形を崩したような形のおにぎりを口に運んだ。

春川はそんな隆二をじっと見詰め、スラックスのポケットから携帯電話を取り出す。

「おにぎりの型を買おう」

「なんだそれ」

「型に詰めれば綺麗な三角形になる。そういうものがあるはずだ。……ほら、あった」

ディスプレイに表示された三角形の容器を眺め、へぇ、と隆二は気のない返事をした。世の中にはいろいろな道具があるものだ。しかしおにぎりを握るという用途にしか使えないものが、送料込みで千円近くするのはいかがなものか。

「練習すればいいんじゃねぇの？　千円も出すのもったいないだろ」

「練習にかかる時間を考えたら千円くらい安い」

金持ちは手間と時間を金で買うらしい。春川が支払うのなら構いはしないが、隆二の頭をよぎったのは小学生男子三人組だ。

「あいつら、春川さんがおにぎりの型なんて使ってるの知ったらますます馬鹿にしてきそうだけどな」

ぐっと春川が声を詰まらせる。「おにぎり握るのに変な道具使ってやんの」とせせら笑う三人の顔が容易に思い浮かんだのかもしれない。しばし携帯電話の画面を凝視してから、春川はそっとそれをポケットに戻した。

「……だったら、おにぎりを握る練習をするよ」

「すんのかよ。子供の言うことなんて聞き流せって」

「いや、する」と春川は断固とした口調で答える。意外と大人げないな、などと思いながら豚汁を食べていると、春川が何かに気づいたような顔をした。

「隆二君も、箸の持ち方がちょっと違うね」

隆二は無言で豚汁の具を口にかき込む。人差し指と親指だけで箸を動かす隆二の持ち方は他人から見るとよほど不自然に見えるようだが、当の隆二は長年こうして食事をしているので不便さを感じることもない。

春川はカウンターの中に入ると、自分も箸を持って戻ってきた。隆二の隣に腰を下ろし、「こうだよ」と正しい箸の持ち方を実演してみせてくれる。

「下の箸を親指のつけ根と薬指で支えるんだ。上の箸は鉛筆を持つときと同じだね」

鉛筆を持つときと言われても、そもそも鉛筆の持ち方からして隆二は間違っている。呆れられるかと思ったが、春川は真剣な顔を崩さない。

「鉛筆はね、人差し指と中指で挟んで、親指を添える感じ。そうそう。そこにもう一本加えるだけ」

だけ、なんて簡単に春川は言うが、隆二は指がつりそうだ。箸の先を動かそうとしたがどこに力を入れればいいのかよくわからず、下の箸がカウンターに滑り落ちる。

「ちょっといい？」

言うが早いか春川が身を乗り出してきて、隆二の手に手を添えた。

春川の顔がぐっと近づいて、頬に吐息がかかる。ドキッとしてもう一本の箸まで取り落としそうになった。

女子生徒には気を遣って体が触れないようにしていたくせに、隆二の手には躊躇《ちゅうちょ》なく触れてくる。どういうつもりだと叫びそうになったが、どんなつもりもないのだろう。むしろ同性相手にどぎまぎしている自分の方が少数派なのだ。

わかっていても動揺して汗が出る。やはり昨日のうちに自分はゲイだと春川に伝えておけばよかった。

隆二の胸の内など知らず、春川は真剣に箸の持ち方を教えてくれる。どこまでも善意で接してくれているのがわかるだけに、動悸《どうき》が激しくなってしまうことに罪悪感を覚えた。

自分でもどうしようもない。別に春川が好みのタイプだとかそういう話ではなく、童貞男子が異性に近づくだけでドキドキしてしまうようなものだ。隆二は喧嘩や乱闘には慣れているが、色恋沙汰にはまったく免疫がない。

心を無にして春川の言う通り手を動かしていると、ようやく春川が身を離してくれた。

「そうそう、上手だよ。その持ち方で食べるといい」

上手く箸が持てたことより春川が離れてくれたことにホッとして、隆二は力ない声で礼を述べた。それを不満げな声と聞き間違えたのか、春川が苦笑を漏らす。

「余計なお世話だったかな。子供たちにもうるさく言っちゃったけど、ああいうことは言わない方がよかった?」

「いや、じいちゃんはそういうことに全然口出ししてなかったけど、余計なお世話ってことは……別に」

喋りながら、隆二は慣れない手つきで箸の先をカチカチと合わせてみた。

（ちゃんと教えてもらったの、初めてだ）

アルバイト先の休憩所でカップラーメンなど食べていたとき、隣に座った社員が正しく箸を持っていて、相手の視線から逃げるように体を背けてしまったことを思い出す。道信に頼まれて郵便局から荷物を出すときも、窓口で用紙に記入する際、握るようにペンを持つ自分の手に局員の視線が注がれているようで気になった。

人前で箸や鉛筆を持つことなど一日に何度もあるわけではないし、どうしても直したいと思ったこともなかったが、こうして正しく持てたらほんのりとした嬉しさを感じた。他のみんなが普通にしていることができるようになっただけで、自分も『普通の人』の仲間入りができたような気がする。

「……子供らがよっぽど嫌がらなければ、教えてやったらいいんじゃねぇの？」

「箸の持ち方？　いいの？」

隆二はもう一度箸の先をかちりと合わせて頷く。

「悪いことじゃねぇし。大人になったらそんなこと、もう誰も教えてくれないだろうし」

自分は春川に箸の持ち方を教えてもらえて、正しく持てたのが嬉しかった。一度箸を置いてしまえば、もう自力でこの形を再現できるとも思えなかったが、それでも。

子供が気に入りの玩具で遊ぶようにいつまでもカチカチと箸の先を合わせていたら、春川の柔らかな笑い声が耳を掠めた。

「だったら、まずは隆二君の箸の持ち方を矯正《きょうせい》しようか。また妙な持ち方してたらビシバシ指摘するからね。鉛筆の持ち方も後で確認しよう」

向けられた表情が思いがけず優しくてどきりとした。慌てて春川から目を逸らし、「俺はいい」と返してみたが、春川は「駄目だよ」とやっぱり優しい声で言う。

隣に座る春川がいつまでもこちらを見てくるものだから居心地が悪くなって、隆二は空の食器を手に椅子を立った。カウンターの内側に戻ると、いつもの調子を取り戻すべく軽く咳払いをしてから春川に声をかける。

「俺、この後バイトだから。あんたはここにいてもいいけど、店の中は荒らすなよ」

「バイトって何してるの？」

「今日は建築現場の作業補助」

夕方に子ども食堂を開けている木曜と日曜は午前中だけ運送会社の日雇いバイトをしているが、それ以外は建築現場や土木作業現場に行っている。特に休みはない、と告げると春川に目を丸くされた。

「一週間ぶっ通しで働いてるってこと？　この店も開けながら？　倒れるよ」

「仕方ないだろ。食堂閉めてるから金が入ってこない。別のところで働かないと」

「食材だったら僕が買うよ。カードもあるし、ネットスーパーなら使えるから」

正直ありがたい申し出だったが、いつこの店を出ていくかもわからない春川の言葉に甘えてアルバイトを減らすほど隆二も能天気ではいられない。それに、必要なのは子ども食堂の食材費ばかりではないのだ。住居兼店舗の光熱費に、隆二自身の年金、税金、保険料。万が一道信が戻ってこられなかったときのことも考えなければならない。そうなれば店は閉めざるを得なくなるし、自分だってここにはいられない。今のうちにある程度の貯えをしておかなければ路頭に迷うのは明らかで、とてもではないが仕事を休む気にはなれなかった。

「とりあえず、夜には帰る。あんたも子ども食堂がないときは好きにしてていい。でもあんまり電気代使うようなことすんなよ。エアコンもほどほどにしろ」

「そう言われても二階にはエアコン自体ないからね。昨日は寒くてなかなか寝つけなかったよ。今夜は一階で寝ていい？」

「いいわけないだろ、湯たんぽでも買え。それと、今日は子ども食堂を手伝ってもらったからあんたにも飯を出したけど、基本的に食事は別々だ。冷蔵庫にある食材は全部子ども食堂で出すやつだから勝手に使うなよ」

「大丈夫、自炊はできない」

胸を張って言うことではないと思ったが、「だったらいい」とだけ答えておいた。

身支度を終えた隆二は、出がけに春川に店の鍵を手渡した。

「あんたも外に出るときは戸締まりして、店の入り口のポストにその鍵入れといてくれ」

春川は爆弾でも握らされたような顔で、信じられないと言いたげに隆二を見る。

「ポストに鍵って……今時そんな、セキュリティの概念がないの？」

「あんたを一人でこの店に残してく時点でそんなもん皆無だわ。じゃ、行ってくる」

呆然《ぼうぜん》とした顔の春川を残して隆二は店を出る。引き戸を閉めようとしたら、背後から春川が我に返った様子で「行ってらっしゃい」と声をかけてくれた。

隆二は軽く口を開いたものの、行ってきます、という言葉はなんだか言い慣れなくて照れくさく、「ん」と小さく頷き返すことしかできなかった。


未来に備える、ということが隆二は苦手だ。

この先に起こりうる未来を何通りか洗い出すという作業がまず上手くできないし、望むルートに進むために何が必要なのかということもよくわからない。

今夜のように、疲弊しきってアルバイトから帰ってくる夜などは特に強くそう思う。

帰り道でコンビニの前を通りかかった隆二は、緩慢に店の明かりに目を向ける。

（……なんか食うべきなんだろうな）

空腹は覚えているはずなのに、何を食べるか考えることが億劫だった。これでは体を壊すとわかっていても、疲労感に負けてコンビニの前を素通りしてしまう。

せめて腹の足しになるようなカップラーメンでも買い溜《だ》めしておけばいいのだろうが、そのためにスーパーに寄る体力が惜しい。自炊をすればもっと節約できるとわかっていても、先々の献立を考えるのが煩わしかった。つくづく長期的な計画を立てるのに向かない性格らしい。

子ども食堂を一人で続けていくことになったときも、金が必要だということはすぐ思い至ったが、どれくらいの資金があればどの程度の期間食堂を存続させることができるのかといった細かいことは見当もつかず、体力の許す限り仕事を詰め込んだ。無茶をしている自覚はあるが、軌道修正の仕方がよくわからない。

（どうしたらよかったんだろう）

泥の中を進むような気分で商店街を歩きながら、隆二はぼんやり考える。何をどこからどう始めればいいのか。その端緒を摑むことからして隆二には難しい。

いつだって行き当たりばったりだ。道信が病院に運ばれた後、自分が子ども食堂を続けようと決心したのだってほとんどその場の勢いだった。

疲れ果て、深く俯いて食堂の前まで戻ってくる。いつもの癖でジーンズのポケットに手を入れ、鍵を春川に貸していることを思い出した。

視線を上げると、店の二階に電気が灯《とも》っていた。

隆二はその場に立ち尽くし、窓から漏れる光をぼんやりと見上げる。

たった二晩一緒に過ごしただけなのに、もう春川に対して、店の中を荒らしていないかなどと疑っていない自分が不思議だった。それどころか、ああ、いるな、と安堵《あんど》のような気持ちすら抱いてしまって首を傾げる。

店の引き戸には鍵がかかっておらず、呼び鈴を押すまでもなくあっさりと開いた。中に入って鍵を閉めていると、物音を聞きつけたのか二階から春川が下りてくる。

「隆二君、お帰り」

柔らかな声がして、食堂にぱっと明かりがついた。カウンターの奥の階段から下りてきた春川が隆二を見て「お疲れさま」と笑う。

隆二はすぐに返事ができず、店の入り口に立ち尽くす。お帰り、なんて何年ぶりに言われただろう。母親がまだ家にいた頃に言われたきりかもしれない。

微動だにしない隆二を見て、春川は「どうしたの」と小首を傾げる。

「疲れてる？　今日は朝も早かったからね。晩ご飯はもう食べた？」

「……いや、まだ」

「よかった。僕もこれから。夕飯、何か取ろうよ。何が食べたい？」

春川はカウンター席に腰掛けると、おいで、と隆二を手招きする。仕事帰りで疲れていた隆二は、抗《あらが》う気力もなくふらふらと春川の隣に腰を下ろした。

「寿司《すし》とかピザとか、ラーメンなんかもあるけど何がいい？」

　春川に携帯電話の画面を見せられ、遅ればせながら春川が夕食の宅配を頼もうとしていることに気がついた。コンビニで百円や二百円の総菜パンを買って空腹をしのいでいた隆二はぎょっとして、とっさに席を立とうとする。

「いらない。金もないし」

「え、いいよ。支払いは僕がするから」

「いい。最初から食事は別々だって言っておいただろ。おごってもらう義理もない」

　昔から、貸し借りを作るのは苦手だった。返せる当てがないからだ。顔を強張《こわば》らせてその場を離れようとしたが、春川は「まあまあ」と笑顔で隆二の腕を摑んで引き留める。

「別に義理とか考えなくていいよ。単に君と一緒に食事をしたいだけなんだから」

「なんで俺と」

「一人で食べても味気ない。それじゃ納得できない？　だったらそうだなぁ、君に取り入るためとか？」

　眉を顰めた隆二に座るよう促して、春川は悪戯《いたずら》っぽく笑う。

「君に一目惚れしたって、前に言わなかった？」

　唐突な告白に身を固くした隆二だが、すぐに春川がここに転がり込んできた日に口走った戯言《ざれごと》だと思い出した。あのときの春川はなんとかここに居座ろうとして、宇宙人かと疑うほど無茶苦茶な理屈を並べ立てたものだ。

呆れ顔を浮かべる隆二とは反対に、春川はますます楽しそうに目を細める。

「好きな相手と一緒に食事がしたいなんて、ごく一般的な欲求だよ。義理はなくても下心はある。僕を喜ばせるためだと思って、君は堂々とおごられておけばいい」

「……また宇宙人みたいなこと言い出したな」

「そうだよ、宇宙人相手に道理を通そうなんて無駄もいいところだ。ほら、何が食べたい？　君の好きなものを頼もう」

諦めて隆二が椅子に座り直すと、ようやく春川も隆二の腕を摑む手をほどいてくれた。

「若い子はやっぱりピザみたいなものがいいかな？」

「……なんでもいい」

「ピザの種類は？　マルゲリータ？　ペスカトーレ？　ディアボラ？」

「よくわかんねぇから任せる」

「そう？　サイドメニューのご希望は？」

「それも任せる」

「わかった。じゃあ適当に頼んでおくから着替えておいで。料理が届いたら呼ぶよ」

春川はすいすいと携帯電話を操作して隆二に軽く手を振る。

二階に上がった隆二は自室に入って着替えを摑むと、風呂場へ向かった。現場の仕事で汗をかいていたし全身が埃《ほこり》っぽい。敷きっぱなしの布団を見るとそのまま倒れ込んでしまいたい誘惑にも駆られたが、ぐっとこらえてシャワーを浴びた。

ざっと体の汚れを落とし、スウェットに着替えて一階に下りる。途中、濃厚なチーズの匂いが鼻先をよぎり、たちまち胃袋が絞られるような空腹に襲われた。

ちょうどピザが届いたところだったらしい。小上がりの座卓にピザ屋のロゴが印刷されたレジ袋を置いていた春川が「いいタイミングだね」と隆二を手招きした。

「たった今届いたところだよ。飲み物も買っちゃった。ピザと言えばコーラだよね」

四人掛けの座卓には、Lサイズの大きなピザの箱と、フライドポテトやナゲットの入った小さな箱、五百ミリリットルのペットボトルが二つ置かれている。隆二はふらふらと小上がりに近づくと、座卓の前にぺたんと腰を下ろした。

「ピザは何にしようか迷ったんだけど、ハーフ&ハーフにしてみたよ。定番のマルゲリータと、トマトとアスパラとベーコンの緑黄色野菜ピザっていうのを頼んでみた。隆二君はまだ若いし、ちゃんと野菜も食べたほうがいいんじゃないかと思って」

隆二の向かいに腰を落ち着けた春川は、ピザを見詰めて動かない隆二に気づいて、あれ、と首を傾げた。

「もしかして野菜嫌いだった？　それともサラダとか頼んだ方がよかったかな？」

春川の言葉で我に返り、隆二は表情を隠すように口元を手で覆った。

「いや、そうじゃなくて……俺、宅配ピザ頼むの初めてで」

「そうなんだ？　確かにお店で食べることの方が多いからね」

外食をすることはもっとなかった、とは言えず隆二は曖昧に頷く。

宅配ピザはテレビのコマーシャルでもよく流れていたし、たまに自宅のポストにもチラシが投げ込まれるので子供の頃は憧れた。Mサイズでも二千円近く、Lサイズともなればものによっては四千円を超えてくるので、とてもではないけれど手が出せないなと子供心に思っていた。それがまさか、今になって憧れのピザに手が届くとは。

「……本当に俺も食っていいのか？」

「もちろん。こんな量一人じゃ食べきれないよ」

どうぞ、と笑顔で促され、隆二はおっかなびっくりピザに手を伸ばす。切れ目に沿って引っ張ると、チーズが長く糸を引いた。

宅配なので冷めているのかと思ったら、想像以上に温かい。耳の部分など熱いくらいだ。チーズが垂れないようにあたふたと手を添え、大きな一口でピザを噛《か》みちぎる。

舌の上にチーズの塩気と脂が広がり、唾液腺が痛むくらい口の中いっぱいに唾が広がった。すぐにトマトの酸味が追いかけてきて、隆二は目を見開く。

「……うま」

半ば呆然と呟いた隆二を見て、「そんなに？」と春川も目を丸くする。

隆二は残りのピザも口に放り込んでじっくりと咀嚼《そしやく》した。耳に近い部分は小麦粉の匂いが強くする。コンビニの菓子パンを食べても小麦粉の香りなど感じたことなどほとんどなかっただけに、感動した。

今自分が食べたのはマルゲリータのようだ。隣のアスパラやトマトがたっぷり載ったピザにも手を伸ばす。

こちらも美味《うま》い。アスパラは歯ごたえがあるし、角切りにしたトマトの触感も楽しい。ベーコンは厚く切ってあるので肉の脂身もしっかり感じられる。

黙々と咀嚼をして、再びマルゲリータに手を伸ばそうとしたところで動きを止めた。座卓に肘をついた春川が、まだ一枚もピザに手を伸ばしていないことに気づいたからだ。

慌てて手を引っ込めた隆二を見て、どうしたの、と春川は笑う。

「だって、あんたが食べてないから……」

「君の食べっぷりが気持ちよくて見惚れてただけだよ。気にせず食べて」

言いながら春川がフライドポテトをつまんだので、隆二もポテトに手を伸ばしてみた。こちらも揚げたてと遜色なく熱くて美味い。隣のチキンナゲットもまだ皮がカリカリだ。

「飲み物もどうぞ」と春川に勧められてペットボトルの蓋を開けた。ピザも揚げ物も塩気が強いせいか、口の中で弾ける炭酸飲料がやたらと美味い。喉を鳴らしてコーラを飲み、再びピザに手を伸ばす。家に帰る途中は疲れ果てて空腹感すら乏しかったのに、温かな食べ物を口に運んだら一気に食欲に火がついた。春川が食べていいと言ったのだからと、遠慮なくピザを手に取り口に運ぶ。

春川もたまにピザに手を伸ばすが、明らかに食べるのが遅い。

「……あんた、そんなにちんたらしてると半分も食えないぞ？」

親切心から一応そう忠告してやったが、春川は「構わないよ」と機嫌よく笑う。

「隆二君はまだまだ育ちざかりなんだから、たくさん食べるといい。それよりどう？　ピザは美味《おい》しい？」

「美味い」

即答すると、春川が目元をほころばせた。見ている方がどきりとするような満面の笑みで、なぜそんなふうに笑われるのかわからず戸惑ってピザに視線を落とす。

結局、ピザの大半は隆二の腹に収まった。春川はピザをほんの数切れと、揚げ物をつまんだだけだったが満足そうな顔だ。

「お腹いっぱいになった？」

隆二はこくりと頷く。久々に満腹だ。体もぽかぽかと温かく、そのせいかいつもは固く強張っている口元が緩んだ。

「……宅配ピザ、一回食ってみたかったから、嬉しかった」

口にしてから、嬉しかったなんて子供みたいな言い草だと恥ずかしくなった。けれど春川はそれをからかうことなく目を細める。

「僕も君が凄く美味しそうにご飯を食べてくれるから、一緒に食べていて楽しかったよ。これまでの君は黙々とご飯を食べてるイメージがあったからちょっと意外だったけど」

隆二は使い捨てのおしぼりで手を拭いながら、ぼそりと呟く。

「他人におごってもらう飯は美味い」

それはそうだと春川は笑うが、隆二の言葉をどこまで理解しただろう。

日雇いのアルバイトをしながら子ども食堂の費用を捻出している隆二には、自分の食事にまで金をかけるだけの余裕がない。子ども食堂がある日は子供たちに出した料理の残りを食べるが、おかずはないし量も足りないことの方が多かった。何より、次回も子供たちに同じような食事を用意できるだろうかと考えながらでは味を楽しんでいる余裕もない。

名残《なごり》惜しくピザの空箱を眺めていたら、春川が軽い口調でこんなことを言った。

「だったら、僕がここにいる間は毎晩一緒にご飯を食べようよ。おごるから」

隆二は弾かれたように顔を上げ、「なんで」と問い返す。

「君と一緒に食べると楽しいから。一人で食べても味気ないしね」

「そんな理由で全額おごる気か？」

本気か、と眉を寄せると、春川に苦笑されてしまった。

「疑《うたぐ》り深いな。本気だよ。よく考えてごらん、一目惚れした相手と一緒にご飯が食べられるんだ。食事代ぐらい惜しくないに決まってるじゃないか」

まだそのネタを引っ張るのかと呆れたが、こちらを見る春川の顔に優しい笑みが浮かんでいるのを見てようやく気づいた。春川はわざと下らないことを言って、隆二に余計な気を遣わせないようにしてくれているのだ。

答えに迷う隆二の背中を押すように、春川は穏やかな声で続ける。

「居候させてもらってるんだから、食事代くらいは僕が出す。それに君の顔色、酷《ひど》いよ。寝不足か栄養不足かわからないけど、ご飯はきちんと食べた方がいい」

食費を切り詰め、痩せて顔色の悪くなった隆二を春川は心配してくれている。ゆっくりとそのことを理解して、隆二は正座をすると春川に向かってぎこちなく頭を下げた。

「ありがとう……ございます」

春川は、まさか隆二が素直に頭を下げるなどと思っていなかったらしい。神妙な顔で礼を述べた隆二を見てしばし絶句した後、急にけらけらと笑い始めた。

「ねえ、なんだか本当に君のことが心配だよ。悪い大人にたらし込まれないでね」

「……あんたみたいな？」

「僕はずるいだけで悪い大人じゃない」

ずるい自覚はあるらしい。どのあたりがずるいのかと尋ねようとしたが、春川は「ところで」と会話を切り上げ、携帯電話の画面を隆二に向けてきた。

「次回の子ども食堂は木曜だよね？　もしもまだ献立が決まってなかったら、これを出したらどうだろう」

見せられたのは通信販売サイトのページだ。箱に入った乾麺の写真が表示されている。

「うどん？」

「ただのうどんじゃなくて、釜揚げうどん。うどんを煮た鍋ごと食卓に出すんだよ。熱々のお湯に浸った麺を器に取って食べる。濃い目の汁に納豆とか鯖缶《さばかん》とか入れて食べると美味しいんだ」

初めて聞く食べ方だ。食堂には大きな鍋もあるし、やってできないこともないだろうが、子供たちの前に鍋を置くとなると問題だ。

「……麺を茹《ゆ》でた熱湯も鍋に入ったままなんだよな？　そんなもん子供の前に出したらさすがに危なくないか？」

万が一事故などあったら大事だ。この店の責任者である道信にまで累が及ぶ。

しかし春川はよほどうどんに思い入れがあるのか、そう簡単には引き下がらない。

「味噌汁だって熱々のものを子供たちに出してるじゃないか。ひっくり返したら危ないのは変わらないよ」

「変わるだろ。鍋一杯の熱湯とお椀《わん》一杯の味噌汁じゃ危なさが全然違う」

「だったらうどんを茹でた後のお湯を半分捨てて水でも足したらいい。うっかり鍋をひっくり返しても火傷《やけど》をしないくらいの温度になってたら問題ないよね？」

「問題はないにしても……それは美味いのか？」

隆二は釜揚げうどんなるものを食べたことがないので、うどんが浸っている湯が熱いのと温《ぬる》いのでどう味が変わってくるのかもよくわからない。しかし春川は「問題ない」と力強く言って引き下がらないし、すでにうどんは注文しているという。

「もちろんうどんの代金は僕が支払う。納豆と鯖缶と麵つゆも用意する。必要ならネギも。他のおかずだって」

「それは、ありがたい、けど……そんなに釜揚げうどんが食いたいのか？」

「子供たちに食べてもらいたいんだ」

そう答えた春川の表情は真剣そのものだ。

春川自身は子供たちとなんの縁もないというのに、意外なほど熱心に子供のことを考えているようで驚いた。隆二の食生活のことも気にかけてくれていたし、思った以上に優しい男なのかもしれない。

それより何より、金欠の隆二にとって食材を提供してもらえるのはありがたい。

「そういうことなら……よろしくお願いします」

隆二は再び春川に頭を下げる。やっぱりこいついい奴《やつ》なんだな、などと思いながら。

頭を下げた隆二の向かいで、春川が邪悪な笑みを浮かべていたことも知らないで。

春川と釜揚げうどんの話をした次の日の夜には、通販サイトで買ったといううどんが箱で店に届いた。さらに翌日には納豆と鯖缶とネギが届いた。近くのスーパーでも買えそうなものだが、すべて通販で買ったらしい。ネギは農家直送らしく泥がついたままだった。その他にも春川は自分の使う日常品をあれこれ買っているらしく、店には大手通販サイトのロゴが印刷された段ボールの空箱が増えていく。一体何を買っているのかは知らないが、日ごとに増えていく段ボール箱を見るにつけ、まさか一生ここに住み着くつもりではあるまいなと若干の不安を覚えた。

段ボール箱を畳んだ次の日にはまた新しい空箱が発生するという、賽《さい》の河原積みのような生活を続けながら迎えた木曜日。午前の仕事を終えて帰ってきた隆二は、早速春川と一緒に調理に取りかかった。と言っても麺は直前に茹でるだけだし、納豆や鯖缶も器に盛るだけだ。各人の好みに合わせ、麺つゆにこれらの具材を加えて食べるらしい。

副菜はかぼちゃの煮物を用意した。前日の夜から煮込んでいたので、当日の用意はかつてなく手短に済んだ。

十七時に店を開けると、ぞろぞろと子供たちがやって来る。中には前回春川に絡んでいた高学年男子三人組もいた。

「春川さん、子供たちと一緒に飯食いながら様子見てもらっていいスか」

隆二はうどんの入った鍋と取り箸を春川に手渡しながら尋ねる。一応鍋の中には水を足して温くしてあるが、万が一ということもある。

「もちろん、そのつもりだよ」と微笑んで、春川が鍋を小上がりに持っていく。大きな鍋の登場に、子供たちから歓声が上がった。

「何これ、麺つゆに納豆入れるの？」

「鯖は？　勝手に入れていい？」

慣れないうどんの食べ方に戸惑っているのか、子供たちは春川にあれこれ尋ねているようだ。春川は笑顔で「好きに入れていいよ。納豆も鯖もまだたくさんあるからね」などと答えている。随分と面倒見がいいが、元来子供が好きなのかもしれない。

これなら大丈夫だろうとカウンターの奥に戻った隆二だが、少しもしないうちに小上がりから子供の怒声が上がって手を止めた。

「なんだよこれ、全然取れないんだけど⁉」

苛立《いらだ》ったような声を聞きとめ、何事かとカウンターから出てきた隆二が見たのは、鍋からなかなか麺を取り上げることができない男子三人と、その横でちゅるちゅるとうどんをすする春川の姿だった。

「……何やってんだ？」

思わず隆二も小上がりに近づく。座卓の周りには他の子供たちもいるが、イライラした様子で鍋を睨んでいるのは件《くだん》の三人だけのようだ。そのうちの一人が隆二を見上げ「麺が上手く掴めない」と訴えてきた。

他の子供たちは問題なくうどんを食べているようだが、と首を傾げたものの、すぐに三人とも箸の持ち方がおかしいことに気がついた。一人はフォークを扱うときのように取り箸にうどんを絡めて取ろうとしているが、なかなか上手くいかないようだ。

「ねえ、フォークかなんかないの？」

音を上げたように男子が取り箸を置くと、横から春川がすっと手を伸ばして箸を取り合げた。そのまま美しい箸遣いで鍋からうどんを引き揚げ、手元の器に入れてみせる。半ば見せつけるようにうどんを取った春川は、なかなかうどんを食べられない男子三人を横目で見ると、不敵な表情でにやりと笑った。

「正しく箸を使えれば、これくらい造作もないことなんだけどな。君たち、前回僕からきちんと箸の使い方を教わっておいた方がよかったんじゃないの？」

そう言ってうどんをすすった春川を見て、男子三人が憤然と抗議の声を上げた。

「大人がそんなにいっぱい食べるな！　ここは子ども食堂だぞ！」

「俺たちの分も残しておけ！」

「知ったことではないね！　悔しかったらちゃんと箸を持てるようになればいい。お望みなら今からだって正しい箸の持ち方を教えてあげるよ？」

「うるせー！　このままでもうどんぐらい食えるわ！」

「じゃあやってごらんよ、さあ早く！」

春川と子供たちが本気で口論する様子を見て、隆二はまともに相手をするのが馬鹿らしくなりカウンターに戻った。

（……春川さん、前回箸の持ち方聞いてもらえなかったこと根に持ってたのか）

麺類は正しく箸を持てないと摑むことが難しい。隆二にも覚えがある。ラーメンのように縮れた麺ならなんとかなるが、そうめんやうどんは摑み損ねることが多い。

だから急に釜揚げうどんをリクエストしてきたのか。子供たちに食べさせたい、なんて真面目な口調で言うのでよほど子供のことを考えているのだろうと感心していたが、単に大人げないだけだったらしい。

唐揚げを食べられなかったこともまだいくらか根に持っているのかもしれないな、など思いながら第二陣のうどんを茹でていると、小上がりから春川の優しい声が聞こえてきた。

「そうそう、そうやって持てばいい。上手だね」

（……お？　あいつら素直に春川さんから箸の持ち方教わってんのか？）

気になって首を伸ばしてみたが、春川から声をかけられていたのは例の三人組ではなく、小学二年生の力哉だった。力哉は春川に反発することもなく、拙《つたな》いながらもなんとか鍋から麺を摑んで器に移している。

さすがに春川も低学年の力哉には手心を加えるらしい。たまに力哉のためにうどんを器に取ってやったり、「上手だよ、その調子」と励ましたりしている。

箸の持ち方を直そうなんて、要らぬお節介と言われてしまえばそこまでだ。

子ども食堂は様々な事情を持つ子供たちに食事を提供するのが目的であって、しつけや教育をする場所ではない。それでも、春川に褒められるたびに嬉しそうに笑う力哉を見たら、余計な口を挟む気にはなれなかった。

男子三人組は春川に悪態をつきつつ、しばらくは我流の箸遣いでうどんを摑もうと悪戦苦闘していたようだが、力哉に根気強く箸の持ち方を教える春川を見て気が変わったのか、誰からともなく「どうやって持つんだよ」「これで合ってんの？」と春川に箸を持つ手を見せ始めた。

あれほど大人げなく子供と口喧嘩をしていたくせに、問われれば春川は丁寧に箸の持ち方を子供たちに教えてくれる。そして子供たちがきちんと箸を持てば、憎まれ口を叩かれて怒っていたのが嘘《うそ》のように「綺麗に持ててる」「上手だ」と褒めてくれるのだ。

いつの間にか、小上がりから響いてきていた怒声がやんでいた。

箸の持ち方を改めたところですぐにひょいひょいとうどんが摑めるようになるわけではないが、男子三人は「むずい」「お湯跳ねた」と笑いながらうどんをすっている。たまに、どうよ、とばかり春川に箸の持ち方を見せ、春川から笑顔が返ってくると少しだけ誇らしげな顔をして再びうどんをすすり始める。

（……大人なんだか子供なんだかよくわかんねぇな、あの人）

やっぱり宇宙人なのかもしれない、と思いながら、隆二はふつふつと煮立ってきた鍋に新たなうどんを投げ入れた。

「隆二君、これ何？」

子供たちの食事もあらかた終わり、洗い物をしていたらカウンター越しに春川から声をかけられた。これ、と言いながら春川が掲げてみせたのは、カウンターの隅のレジ横に置かれていた食券だ。単語帳程度の大きさの厚紙に、手書きで『子ども食堂　三百円』と書かれている。

「それ、じいちゃんがいたとき使ってた食券。大人からは三百円もらってたから。あと、通常営業中もカウンターにその食券置いとけば、子ども食堂を支援してくれるお客さんが食券買ったことにして金置いてってくれた」

道信がいた頃は、食堂に来た客が会計をする際、レジ横に置かれたこの食券を手に取って「この分もお会計して」なんて支払いに三百円を上乗せしていくことがよくあった。

春川は年季の入った食券をしげしげと眺め、隆二に視線を移す。

「今は通常営業もしてないし、大人のお客さんも入れてない。運営費は君のバイト代で全部まかなってるんだよね？　いっそ君一人で通常営業を再開させたらいいんじゃない？」

まさか、と隆二は首を横に振る。

「俺はただのバイトでしかないし、ろくな料理も作れない。子供たちに出してるような簡単な料理を大皿で雑に出すのが精いっぱいだ」

蛇口をひねって水を止め、隆二は溜息交じりに呟く。

「資金繰りは結構厳しいけど……でも、今のところなんとかなってるし。じいちゃんさえ戻ってくれれば、きっとここも続けられるはずだから」

「じゃあ、店長が長く戻らなかったら？」

隆二は返事もできずに黙り込む。

先のことを考えるのは苦手だ。蛇口の先から水が滴り、水を張った盥《たらい》に波紋が広がる。

「……子ども食堂、なくなっちゃうんですか？」

途切れた会話に、ふと幼い声が紛れ込んだ。声のした方を見ると、店の奥のテーブル席で受験勉強をしていた清正が不安そうな顔でこちらを見ていた。

そういうわけじゃ、と隆二が否定しようとしたら、今度は小上がりから男子小学生三人が走ってきた。

「子ども食堂なくなるの？　じいちゃん帰ってこないから？」

「兄ちゃん一人で大変ってこと？」

「俺ら、なんか手伝う？」

三人の後を追うように、力哉までカウンターに近づいてきた。よく事情が呑《の》み込めていないようだが、何か不穏な雰囲気を感じ取ったのだろう。眉を下げてこちらを見上げてくる。満足に食事がとれていないのか、折れそうに細い力哉の首筋を見て、隆二は大きく首を横に振った。

「大丈夫！　大丈夫だから心配すんな！　じいちゃんが帰ってくるまでここは絶対閉めないし、じいちゃんだって年内には帰ってくるに決まってんだから」

笑顔を作るのは苦手だが、今だけは無理にでも唇の端を持ち上げて笑ってみせた。カウンターを出て、なおも泣きそうな顔をしている力哉の前でしゃがみ込む。

「大丈夫だよ。お前の飯もちゃんと用意しとくから。いつでも来な」

そう言って頭を撫でてやると、力哉も安心したのか男子三人組と一緒に小上がりに戻っていった。それを見送り、隆二は清正にも声をかける。

「清正も、いつでもうちに勉強しに来ていいからな。子ども食堂が開いてないときでもいいぞ。今は春川さんが大抵家にいてくれるから応対できる」

清正はノートに計算式を書く手を止め、隆二と、その隣に立つ春川を見て、はい、と小さく頷いた。

「ってことで春川さん、清正が店に来たらよろしくお願いします」

「ええ？　こんなときだけ敬語？　まあ、僕は日中ずっとここにいるから構わないけど」

それよりも、春川は子ども食堂の経営状態が気になるらしい。大丈夫なのか、と問いたげな視線を隆二に向ける。なんとも言えずに目を逸らすと、タイミングよく小上がりにいた子供たちが春川を呼んだ。

小上がりでは子供たちが集まって座卓を囲んでいる。宿題でもしているのかノートを広げているようだ。子供たちに呼ばれた春川は、後でね、というように隆二に目配せをしてその場を立ち去った。

隆二もカウンターの内側に戻り、乱暴に後ろ頭を掻いた。子供たちの前で弱音を吐くようなことを言ってしまった自分を反省する。春川が現れるまでは店の内情について語れる相手もいなかったので、つい口が滑った。

気持を切り替えるべく力いっぱい鍋を洗っていると、小上がりからシャッター音がした。春川が子供たちに携帯電話のカメラを向けているようだ。子供たちは春川に向かって笑顔でピースサインを作っていて、いつの間にあんなに仲良くなったんだと驚いた。

いつもは飛んだり跳ねたり騒がしい子供たちが、今日は春川を中心に座卓で頭を寄せ合い、くすくすと笑っている。

さざ波のような笑い声と、蛇口から流れ落ちる水の音を聞いていたら、不安でささくれた心をゆっくり撫でつけられるような気分になった。盥の底に、静かに大皿が沈んでいく。

二十時を過ぎ、いつものように最後まで残った清正と力哉を送って店に帰ってくると、春川がカウンターの中にいた。

「お帰り。今日もお疲れさま」

隆二は口を開くも、やっぱり「ただいま」とは言えずに無言で頷く。

「隆二君のうどん、用意しておいたよ」

「……あんたが？」

「乾麺を煮るくらい僕にだってできる」と春川は胸を張り、カウンターにうどんの入った鍋を置いた。さらに麺つゆを注いだ器と納豆、鯖缶を隆二の前に並べる。

「……納豆とうどんなんて組み合わせ、初めて食う」

「意外かもしれないけど美味しいんだよ。鯖缶も入れてごらん」

隆二は鍋から箸でうどんを摑もうとするが、つるりと滑って上手くいかない。何度かしくじったところで、春川がカウンターから出てきた。

「箸の持ち方、まだちゃんと直ってないね」

隆二の隣に腰を下ろし、春川は片手を隆二の手に添える。

単に箸の持ち方を教えてくれているだけだとわかっていても、やはり他人の手に触れられるとどぎまぎする。互いの肩が触れ合うほど距離が近いのも緊張した。

「上の箸は人差し指と中指で挟んで、下の箸は薬指に引っかけるんだよ。……いいね。上手だ」

春川が笑った拍子に、ふっと吐息が頬を掠めた。鍋から立ち上る湯気のせいばかりでなく顔が熱くて、隆二は俯き気味に鍋からうどんを引き上げる。他人から手取り足取り何かを教えてもらうことも初めてなら、こんなに誰かの近くにいるのも初めてだ。

(なんかこの人、他人との距離が近すぎるよな……)

だからこんなに落ち着かない気分になるのだと誰に言うともなく胸の中で呟いて、隆二はうどんをすすった。

直前まで熱い湯の中に浸っていたうどんはもっちりと弾力がある。ほとんど原液に近い濃い麺つゆに納豆が絡んで、普通のうどんより食べ応えがあった。鯖も一緒に口に運ぶとかなり食い気が満たされる。納豆のおかげで喉越しがよくなっていたこともあり、隆二はあっという間に鍋いっぱいのうどんを食べきった。

「相変わらずいい食べっぷりだなぁ。見てて気持ちいいよ」

隆二の様子を隣で見ていた春川が目尻を下げて笑う。

「今度はデザートも用意しておこうかな。甘い物好き？」

すっかり満腹になって気が緩んでいたのか、問われるままこくりと頷いてしまった。直後、我に返って隆二は慌てて首を横に振る。

「別にそんなもん、いらねぇし」

「いや、用意しよう。隆二君、思ったより素直な性格なんだね？」

春川は肩を揺らして笑い、くつろいだ様子でカウンターに肘をついた。

「もっと甘えてよ。せめて僕がここにいる間くらい。子ども食堂のことも手伝いたい。家賃がわりに当面の食材の調達も任せてほしいな。もちろん家賃は家賃で別に支払うから」

思ってもみなかった申し出に、隆二は先程よりさらに大きく首を横に振った。

「あんたにそんなことしてもらう義理なんてない」

「義理なんてなくてもやらせてよ。君みたいな若い子が、子供たちのために一生懸命ご飯を作ってる姿に感銘を受けたんだ。応援したくなった。それじゃ駄目？」

春川が悪戯っぽく首を傾げる。もう三十歳だというのに、やたらと顔が整っているせいかこんなあざとい仕草も様になってしまうから困る。この顔で微笑《ほほえ》まれたら、多少の反論など呑み込まざるを得ない。

「……俺はじいちゃんがやってたことを真似しただけで、そんな大したことやってない」

ぼそぼそと言い返すと、ふわりと頭に温かな重みが加わった。

「大したことだよ。今日だって、子ども食堂が閉まるんじゃないかって不安がる子供たちの前で不器用に笑ってみせただろう。自分だって笑える心境じゃなかっただろうに。そんな姿を見たら、つい応援したくもなる」

偉い偉いと頭を撫でられ、隆二はなす術《すべ》もなく首を竦めた。

子ども食堂を続けているのはほとんど隆二の独断だ。自分の行動は正しかったのかと迷うこともあっただけに、春川から手放しに褒められ、肯定されて、すぐには言葉も出ないくらいに安堵してしまった。

隆二が大人しくしているのをいいことに、春川は隆二の頭を存分に撫で、乱れた髪を指先で整えた。

「隆二君は思ったよりも素直で優しくて、無防備だね」

離れていく春川の手をぼんやりと見送っていた隆二は、一拍置いてからむっとした顔で春川を睨みつけた。

「……気が緩んでるとか、そう言いたいのか？」

「いいや、思ったより気を許してくれて嬉しいんだ。ちょっと心配でもあるけど。僕以外の大人にうまい話を持ちかけられても、そう簡単に信じちゃ駄目だよ？」

「そんなこと言われたらあんたの言うことも信じられなくなるだろうが」

「僕のことは信じていい。前も言ったけど、僕はずるいだけで悪い大人じゃない」

真顔で言われて反応に迷う。でも、本物の悪人がこんな注意喚起をするとも思えない。

隆二は髪を整える振りで春川に撫でられた頭に触れ、うん、と頷いた。

春川は小動物でも眺めるような表情で隆二を見て、「明日のデザート、何にしようか」と目尻を下げた。


春川と同居を始めてから一週間も経《た》つと、子ども食堂の様子に変化が生じ始めた。

まず変わったのは配膳方法だ。これまでは大皿におかずを盛ってテーブルに置いていたのだが、春川が「僕も手伝うし、ワンプレートだったら子供たち一人一人に配膳できるんじゃない？」と言いだして、仕切りのついたプラスチック製の皿を買ってくれた。大皿からおかずを奪い合わなくなったことで、食事中の狂騒もだいぶ落ち着いたようだ。

さらに春川は、子供たちに「いただきます」と「ごちそうさま」の挨拶を徹底した。最初は話を聞かなかった子供たちも、春川に根気強く声をかけられるうちに当たり前に食事の前後に手を合わせるようになった。思えば道信が店に立っていた頃は、子供たちも誰に言われるでもなく食事の挨拶をしていたものだ。隆二もそんなことを思い出すに至った。

破れかぶれだった子ども食堂に少しずつ秩序が戻ってくる。束の間《つかのま》でも、道信がいた頃の子ども食堂が再開できたような気がして嬉しかった。

さらに春川は、人知れずおにぎりを握る練習までしていたらしい。ネットでおにぎりを握る動画とやらを探し出して繰り返し視聴し、さらに濡らしたハンドタオルをレンジにかけてホットタオルを作り、炊き立ての米に見立てて三角に握る練習をしたという。

月曜の朝、春川は隆二の前で張り切っておにぎりを握ってみせた。練習のかいあって出来上がったおにぎりは以前ほど歪ではない。少しばかり角は丸いが、確かに三角形だった。

隆二が素直に進歩を褒めると、春川は自分の作ったおにぎりをいそいそと皿に並べ、子供たち――特に前回春川に「おにぎりも上手く握れないくせに、偉そうにすんな！」と暴言を吐いた男子たちに、どうだとばかりおにぎりを披露していた。

そこまでして子供たちを見返したかったのかと呆れたが、子供たちはむしろ春川のそんな大人げのなさを気に入ったようだ。「やるじゃん」「めっちゃ上手くなってる」と素直に成果を褒め、すっかり春川に懐いてしまった。

ときに思いもよらないことも起こるが、春川と同居するようになってからなんとなく暮らしにゆとりができてきた気がする。おかげで最近、仕事から帰るときの足取りが軽い。以前は泥の中を進むような気分で商店街を歩いていたのに。

だが、今日は久しぶりに重い足取りで帰ることになりそうだ。

（……やまねぇな）

仕事を終えて最寄り駅まで帰ってきた隆二は、駅の構内に立って恨めしく空を見上げる。定時前にぽつぽつと降り出した雨は、今や土砂降りの雨になっていた。

細い道の両脇に延々と店が並ぶだけの商店街にはアーケードもついておらず、傘もささずに帰ればずぶ濡れになるのは必至だ。駅前のコンビニではビニール傘を売っているが、そのために五百円を出すのは惜しい。雨はしばらくやむ気配もないし、濡れて帰るか、と早々に判断して外に出ようとしたら、横から肩を摑まれた。

「こういうときは雨宿りしようよ、隆二君」

優しい力で腕を引かれ、駅の軒下に引き戻される。振り返った先にいたのは春川だ。片手に紺色の傘を持ち、「よかった、入れ違いにならなくて」と笑う。

隆二は目を丸くして春川を見上げる。

必要な物をもっぱらインターネットで購入している春川は、基本的に店から出ない。最近はノートパソコンを購入し、日中は自室で仕事をしているらしい。夜中に仕事と思《おぼ》しき電話をする声が隣の部屋から聞こえてくることもあった。

半分引きこもりのような春川がこんな雨の日に外出するとは、よほどの用事でもあったのだろうか。「なんでここに？」と尋ねると、何をわかりきったことをと春川に笑われた。

「君を迎えに来たんだよ。この雨なのに傘も持たずに出かけたから」

「そんなことのために？」

予想だにしていなかった回答に声を裏返らせると、春川が笑いながら傘を広げた。隆二とともに駅を出て、こちらへ傘を傾けてくれる。

「お帰り、隆二君」

紺色の傘が駅の光をうっすらと透かし、春川の肌が夜の青に染まる。一つの傘に入っているせいで互いの距離が近い。柔らかな笑みを間近から見上げ、隆二はほとんど無意識に

「ただいま」と返していた。これまでは、なんだか気恥ずかしくてなかなか返事ができなかったのに。

こちらを見下ろす春川が嬉しそうに目を細めて笑う。

自分がどんな顔をしているのかわからず、隆二は俯き気味に礼を述べた。

「……傘、ありがとうございます」

「どういたしまして。ところで、夕飯どうする？　せっかく二人で外に出てきたんだから、

何か食べて帰ろうか。商店街にもいろいろお店があるだろうし」

「あ、いや、商店街は……」

商店街の人たちとはあまり折り合いがよくない。商店街の会長に出くわして、道信の見

舞いに行ったのかと詰め寄られても困る。休みもなくバイトを入れているせいで、まだ一

度も見舞いに行けていない。

それに、春川と一緒にいるところを商店街の人たちに見られるのも避けたかった。道信

がいない間に春川を店に上げたと知れ渡れば、何を勝手なことをとますます商店街の人た

ちの反感を買ってしまう。

すべて隆二の都合でしかないので口ごもってしまったが、春川は深く追及するでもなく、「だったらスーパーで何か買って帰ろうか」とあっさり方向転換してくれた。

「これから何か作るのも大変だし、お総菜でも買って帰る?」

総菜と聞いて、隆二はパッと目を輝かせる。出来合いのものは割高なので普段は手を出せないが、春川が一緒なら話は別だ。

二人で宅配ピザを食べて以来、春川は本当に毎日隆二と夕飯を共にするようになった。支払いはすべて春川持ちで、少しでも隆二が遠慮する素振りを見せると「君に振り返ってもらうためだからいいんだよ」「一目惚れしたって言ったじゃないか」と甘ったるい声で囁《さきや》いてくる。

隆二に気を遣わせないための戯言だ。わかっていても睦言《むつごと》めいたそれを上手くあしらうことができない。そんな自分を春川が毎度面白そうに眺めているのもなんだか悔しくて、最近では極力当然の顔で春川におごってもらうことにしていた。

春川の誘いに乗って、駅前のスーパーに立ち寄った。雨の日のスーパーはいつもより空気がひんやりしている。野菜や肉を照らす白々とした光を横目に、隆二と春川はまっすぐ総菜コーナーに向かった。

「何がいいかな。揚げ物も美味しそうだね。お寿司はどうかなぁ。スーパーのお寿司って食べたことないんだけど、美味しい?」

「寿司自体あんまり食ったことないからわかんねぇ。揚げ物でいいんじゃねぇの？」

「いいねぇ。隆二君は何にするの？」

「コロッケ二パックにするかとんかつ一パックにするかで迷ってる。値段は一緒だから」

「だったら両方買っていったらいいよ。お店で食べるより断然安いんだから」

「あんた、そんな買い方してたらいつか破産するぞ」

かなり本気で忠告したつもりだったのだが、春川は「まさか」と笑う。

「一個五十円のコロッケなんて、全部買い占めても破産しないから大丈夫」

「今日だけの話じゃなくて、普段からそういう金の使い方をしてるとあっという間に財布が空になるって言ってんだよ」

頷きながら、春川は買い物かごにコロッケととんかつのパックをひょいひょいと放り込んでいく。

「隆二君、肉団子もあるけど食べる？　棒餃子《ぼうぎょうざ》も美味しそうだよ」

「人の話聞いてんのか？」

「聞いてるよ。僕の懐を心配してくれてるんだろう？　しかも本気で」

そう言って、春川はくすぐったそうに肩を竦めた。傍目《はため》にもわかるくらい嬉しそうなその顔を見て困惑する。喜ばれる理由がわからない。

「そりゃ、あんたはそこそこ金持ってるのかもしれないけど……社長の息子だし」

「そうだよ。使ってるカードだってブラックだ」

「ブラックだろうがなんだろうが使いすぎれば破産するだろ？　だからコロッケはいい、戻してくれ。とんかつだけで十分だ」

「ええ？　そんなこと言われたら唐揚げも追加したくなっちゃうんだけど」

「なんでだよ⁉　もしかしてあんたが食べたいだけなんじゃねぇか？」

「そういうわけでもないけど。あれ、唐揚げあんまり好きじゃなかった？」

「違う、好きだけど」

「よかった。じゃあ二パックくらい買っていこう」

「おい」

「デザートはどうする？　シュークリームかな、それともプリン？　ケーキもあるね」

「おいってば！」

二人で食べるにはさすがに量が多すぎる。山ほど総菜を放り込んだ買い物かごの中身がいくらになるのか想像もつかず青ざめていると、春川に声を立てて笑われた。

「大丈夫だよ、スーパーで買い物したって微々たる金額にしかならないから。どうせ全額僕が出すんだし、もっとたかってくれてもいいのに優しいね。僕が破産しないか本気で心配してくれてる」

春川は大企業の御曹司だ。スーパーで散財したって痛くもかゆくもないのは本当だろう。

それでも隆二は、春川の背中に向かってこう言わずにはいられない。

「今はどうか知らないけど、あんただっていつ大変になるかわかんないだろ」

幼い頃から最低限の金銭で家計をやりくりしていた隆二にとって、金は出ていくものであって貯まるものという感覚がない。毎月の収入は穴の開いたビニール袋に水を注ぐのに似て、次の水を注ぐまでに袋がぺしゃんこにならないかといつもはらはらした。

今日に限らず、頓着なく物を買う春川の行動はビニール袋の穴を大きくしているようにしか見えず気が気でない。春川の持っている袋は自分のそれよりずっと大きくて、穴だって針で開けたような小さなものかもしれなくても、案じる気持ちは消えなかった。

春川は肩越しに隆二を振り返ると、まじまじと隆二の顔を見て口を開いた。

「春川コーポレーションなんて大きな傘の下にいると、なかなか耳にできない貴重なご意見だな」

「……なんだよ、また馬鹿にしてんのか」

隆二は未だに春川コーポレーションの規模がわからない。それでも春川の言い草から、自分の心配が無用の長物であることは察することができた。的外れなことを言ってしまったかと気恥ずかしく思ったが、春川は笑うでもなく静かな声で続けた。

「馬鹿になんてしてない。君の言う通りだ。僕だってこの先どうなるかわからないし、世の中に盤石なものなんてない。ちょっと目が覚めた気分だよ。君は先のことがちゃんと見えてるんだな。そんなに若いのに。僕も明日からもっと仕事に精を出そう」

いつになく真剣な表情で隆二にそう告げてから、春川は柔らかく目元をほころばせた。

「明日に備えて、今日はちょっと贅沢《ぜいたく》しようか。大切な気づきを与えてくれた隆二君には、ぜひデザートもご馳走《ちそう》したいな」

「……大げさすぎるだろ」

そんなことないよ、と笑って春川はデザートコーナーに向かって歩き出す。山ほどの総菜が入った買い物かごを携えて。

(やっぱりこの人、変な人だな)

自分より一回り近く年下の隆二の言うことなど聞き流したっていいはずなのに、どうしてこんなに真摯に耳を傾けてくれるのだろう。どこに行っても下っ端扱いで、黙々と働くことしかできなかった隆二は戸惑うばかりだ。

壁に向かって投げたボールが跳ね返ってくるのを待っていたら、思いがけず誰かにキャッチしてもらえたような気分だ。嬉しいよりも驚いて、当たり前に投げ返されたボールを受け止め損ねている。

その後春川は「僕も食べるから」と言ってシュークリームとプリンを買い、ついでのように缶ビールも買って会計を済ませた。

買った商品を買い物袋に詰め、ビールなどが入った重たい荷物を持とうとすると、横からひょいと春川に奪われた。代わりに「こっちをお願いできる？」と、シュークリームとプリンしか入っていない袋を差し出され、隆二は眉を寄せる。

「それじゃあんたが重いだろ。俺が持つ」

「だったら隆二君には傘もお願いしよう」

そう言って傘を手渡されたが、買い物をしている間に雨はすっかりやんでいてもう差す必要もない。

「俺、あんたが思うほど非力じゃねぇんだけど。現場じゃそんな買い物袋よりずっと重い土嚢《どのう》とか運んでるんだぞ」

睨むような目で春川を見上げると、商店街の光を背に春川が笑った。

「君を非力扱いしてるつもりはないよ。日中それだけ働いてきたんだから、帰った後くらい少し楽してもらいたいだけだ」

言いながら、春川はごく自然な仕草で車道側に立った。店に帰ると入り口の脇にあるポストから鍵を取り出し、引き戸を開けて「どうぞ」と隆二を振り返る。

ごく当たり前に重い荷物を引き受け、車が行きかう車道側を歩き、ドアを開けてお先にどうぞと微笑む春川を見て、はぁ、と隆二は溜息のようなものをつく。まるで紳士だ。

（生きてる世界が違うっつーか、育ちのいい人なんだろうなぁ、この人……）

こんな人間がよく下町の食堂に寝泊まりしているものだ。春川がここにやってきてから今日で十日目だが、そろそろ元の生活が恋しくなったりしないのだろうか。

（いつまでここにいる気だろう）

春川に促されて先に店に足を踏み入れた隆二は、真っ暗な店内を見て足を止める。

久々に完全に明かりの落ちた店を見た気がした。いつもならカウンターの奥の階段から薄く明かりが漏れているのに。二階から淡く漏れてくる光すらない店内は、足が竦むほど真っ暗だ。

道信が倒れた直後、この光景の前で何度も立ち尽くしたことをふいに思い出した。記憶とともに、あの頃感じていた不安が蘇《よみがえ》る。道信は無事に退院するだろうか。今後この店はどうなるのか。自分はどこに行けばいい。そんな不安が胸から溢《あふ》れて闇に溶け出す。

「どうしたの、明かりもつけないで」

後ろから春川に声をかけられ我に返った。

隆二は足早にカウンターに近づいて、手探りで電灯のスイッチを入れる。ぱっと店内に明かりが灯って、春川も買い物袋をがさがさ鳴らしながらカウンターに近づいてきた。

「早速食べよう。お腹ぺこぺこだ」

春川は買い物袋から総菜の入ったパックを取り出し、どんどんカウンターテーブルに並べていく。楽しそうなその様子を見て、隆二はほとんど無意識に思っていた。

まだしばらく、春川がここにいてくれたらいいのにな、と。


子供のころ、とろろを食べる機会があった。

すりおろした山芋の触感がもったりとして面白く、調子に乗って食べていたら口の周りが赤く腫れた。あの痒《かゆ》みを、最近とみに思い出す。

たとえば二階の廊下で春川とすれ違うとき。あるいは隣り合って食事をするとき。狭いカウンター内で調理をしながらふいに耳打ちされるとき。

春川の存在を間近に感じると胸の奥がむず痒くて仕方ない。最初は痒いようだった胸の内は、やがて熱を持って腫れ上がり、気道の一部がふさがれたように息をするのが苦しくなる。痒くなるだけだったとろろより質《たち》が悪い。

そんなことを考えていたからか、今日は建築現場のバイトの合間にコンビニでとろろ蕎《そ》麦《ば》を買ってしまった。

いつもはコンビニのイートインで食事を済ませてしまうのだが、今日はバイト先の休憩室に器を持ち帰って蕎麦をすすった。

久々に食べるとろろ蕎麦は美味かった。昔のように口の周りが痒くなることもない。

こんなことを検証するためだけに菓子パンよりずっと値の張る昼食を買ってしまうなん

てどうかしている。明日からまた切り詰めよう、と己を戒めて蕎麦をすすっていると、同じ現場で働いている中年の男性が休憩室にやって来た。

「お、若いのに渋いもん食ってんな。そんなんで午後の仕事も踏ん張れるか？」

長机に腰かけていた隆二の斜め前に腰を落ち着けた男性が持っていたのは、カップラーメンとカツサンドだ。現場でも何度か顔を合わせている相手なので、隆二は「お疲れさまです」と男性に頭を下げた。

ずるずるとラーメンをすすりながら、男性は「兄ちゃん、細いのによく働くよなぁ」と感心したような声を上げた。

「なんか俺、来るたび兄ちゃんの顔見てる気がするんだけど」

「週五で入ってるんで、そうかもしんないっす」

「週五？　ここの仕事そんなに入れてんの？　若いからって無理すると体壊すぞ」

男性に素っ頓狂な声を上げられ、隆二は胸の辺りを軽く掻いた。春川も同じように隆二を心配してくれたことを思い出したら、また胸の奥がじくじくと熱を持ち始める。胸から喉元をさすっていたら、男性がそれに気づいて「どうした？」と身を乗り出してきた。

「いや、なんか……この辺が痒いような、熱いような……」

「まさか兄ちゃん、蕎麦アレルギーじゃないだろうな？」

「アレルギーは、ないと思います。多分」

とろろを食べて口の周りが痒くなったことはあると言い添えると「肌が弱いんだな」と笑われた。

先に食べ終えた隆二が席を立とうとすると、男性がポケットから飴玉《あめだま》を取り出した。

「午後も倒れないように飴舐《な》めとけ。冬場とはいえ汗もかくから、塩分もとっとけよ」

隆二は飴玉を受け取り、ありがとうございます、と深く頭を下げる。男性は「兄ちゃん、随分ちゃんとしてんなぁ」と苦笑したが、悪い気はしなかったようだ。

突然店に転がり込んできた春川に対しては不遜な態度をとっている隆二だが、職場では存外礼儀正しい。中学を卒業するや現場に放り込まれ、経験も体力もない状態で職人たちに邪険にされたら、仕事なんてろくに回せないことを早々に叩き込まれたからだ。

空になった器をゴミ箱に捨てに行った隆二は、もらったばかりの飴玉を口に放り込んで、アレルギー、と呟いた。

(……あの人が来てから、普段は食えないようなもんとかよく食うようになった気はするけど、なんか関係あんのか?)

口の中で飴玉を転がしながら、隆二は胸の辺りを何度も指先でさする。春川と食事をしていると、特にこの辺りが妙に疼《うず》く。熱いような痛いような苦しいような、これは一体なんだろう。

(あの人が毎日晩飯用意してくれるからかな)

今日の夕飯はなんだろう。そう考えると、つぼみがほころぶように柔らかく心臓が膨らんでいく。家に帰るのが楽しみだなんて、これまで思ったこともなかったのに。

隆二はゴミ捨て場の前で大きく伸びをする。

昼食はいつもより出費がかさんでしまったし、思ったより蕎麦は腹にたまらなかったけれど、午後の仕事も問題なくやり切れそうだった。


仕事を終えて食堂に戻ると、珍しく店の一階に電気がついていた。

隆二が帰ってくるまで春川は二階で仕事をしていることが多いのに。先に食事でもとっているのかと思いつつ引き戸を開けると、カウンターの中に春川の姿があった。

「隆二君、お帰り」

引き戸を閉めかけていた隆二の手が止まる。これもまた珍しいことに、春川が険しい顔で腕を組んでいたからだ。

「……どうした、なんかあったか？」

何事かとカウンターに近づいて、調理台に大きな発泡スチロールの箱が置かれていることに気づいた。春川は眉根を寄せたまま「蟹《かに》を買ったんだ」と低い声で言う。

「美味しそうだったから、隆二君にも食べてもらいたくて」

「お、おう……。ありがとう」

いつも機嫌よく笑っている春川が露骨に不機嫌な態度をとることなど珍しい。誇大広告に騙されてよほど粗悪な商品でも買ってしまったのかと思ったが、箱の中から現れた蟹はどれも大きく立派なものだ。

「フライパンで蒸し焼きにすると美味しいらしい」

料理方法が書かれた紙を箱から取り上げ、春川は抑揚乏しく内容を読み上げる。いよいよ様子がおかしいと、隆二はカウンターに両手をついて身を乗り出した。

「なんだ、あんた何怒ってんだ？」

「……先に食事にしよう。隆二君、お腹空いてるだろう？」

「いいよ、飯は後で。それよりあんたの話をしろ。あんたが怒るなんてよっぽどだろ」

隆二はカウンター席に腰を下ろすと、こっちに来い、と春川を手招きする。

春川はしばらくその場に立ち尽くしていたが、隆二の顔を見て溜息をつくと、蟹を発泡スチロールの箱に戻してカウンターから出てきた。

いつもは足音も立てず優雅に歩く春川が、ドスンと乱暴に椅子に腰を下ろす。これは相当腹に据えかねているようだ。一体何がこれほど春川の機嫌を損ねたのだと不思議に思う隆二の前で、春川は溜息交じりに呟いた。

「昼間、少しだけ外を歩いてたら商店街の人に声をかけられたんだ。和菓子屋のご主人らしいんだけど」

和菓子屋というと、青柳だ。隆二は軽く目を見開き、それから唇に微苦笑を滲ませた。

「出会い頭に『お前誰だ』とか言われたか？」

「よくわかったね」

「あの人、商店街の会長だからな。見知らぬ顔が商店街をうろついてたら声をかけずにいられなかったんだろ」

「『最近この辺でたまに見かけるけど近くに住んでるのか』って訊かれたから、笑顔で曖昧に頷いておいたけど」

春川の語尾が苛立たしげな溜息に溶ける。

「あんたがそんなに怒るなんて、何言われたんだ？」

春川は少し言いよどんだものの、隆二に「言えよ」と促されて渋々口を開いた。

「……あの人は、多分僕がこの店で寝泊まりさせてもらってることを薄々承知してる。そのことを遠回しに非難してきた。それはいい。食堂とは縁もゆかりもない僕が怪しまれるのは当然だから。でもあの人は、僕をここに泊めた君を責めるようなことを言ったんだ。それどころか、『俺はあいつが中井さんの孫だなんて認めてねぇよ』なんて言うから腹が立って」

悔しそうに奥歯を嚙む春川を見て、隆二は目を瞬かせる。

「なんだ。あんたが悪く言われたわけじゃないのか」

「僕はいいんだよ。君の親切につけ込んでここに居座ってるんだから悪く言われるのは当然だ。甘んじて受け止める。でも君は違うだろう」

喋っているうちに興奮してきたのか、春川の口調が速くなる。

「君のこと、商店街の厄介者みたいな言い方をされて本当に不愉快だった。店長が入院して通常営業は中止してるから、隆二君が遊んで暮らしているとでも勘違いしてるんじゃないか？　君がどれだけ苦労して子ども食堂を続けているのかも知らないで。呆気《あっけ》に取られて何も言い返せなかったのが悔やまれる。今からでも抗議に行ってやろうかと……！」

春川が本気で椅子から腰を浮かせたので、慌ててその腕を掴んで引き留めた。

「いい、いいよそんなこと」

「よくないだろう、君は子供たちのために身を削るみたいにして働いてるのに。腹が立たないのか？」

憤った表情の春川に真っ向から尋ねられ、隆二も思わず背筋を伸ばした。

今更腹も立たない、というのが隆二の本音だ。何かをしようとして横槍《よこやり》が入るのも、自分がやりたいことを周囲から正しく認めてもらえないことも、もう何度となく経験しているだけに、またか、という諦めしか湧いてこない。

むしろ、こうやって怒っている春川を見て自分と春川の境遇の差を思い知った。

（この人は、努力したらした分だけ正当に評価されてここまできたんだな）

努力が報われないことなんてざらにある。むしろ何か一つのことに打ち込めるというだけで大変恵まれた環境にあるということを、春川はどこまで理解しているのだろう。

「子ども食堂のことは、誰に頼まれたわけでもなく俺が勝手にやってることだから」

そう返してみたが、春川はいかにも納得していない顔だ。

当の隆二は腹も立たず、それどころか春川が自分のために怒ってくれていると思うと、胸の奥がぽかぽかと温かくなった。とはいえ青柳の言い分も理解できるだけにどう返すべきか悩ましい。これ以上春川の同情を買い、本当に青柳のもとに抗議に行かれたりしたら大事になる。

迷った末、隆二は少しだけ自身の生い立ちについて語ることにした。

「商店街の人たちが俺のこと胡散臭い目で見るのは当然だと思う。ほんの数ヶ月前まで、商店街の誰も俺のことなんて知らなかっただろうから。俺がここに来たのは八月の終わり頃で、それまでは一度もこの店に来たことなんてなかった」

子供の頃の話はあまり楽しい内容ではない。思い出すのも憂鬱で、隆二は立ち上がってカウンター内に入った。気を紛らわせるべく、蟹の調理などしながら話を続ける。

「子供の頃はずっと親と三人で暮らしてた。親父《おやじ》は酒癖が悪くて、母親は俺が中学生になる前に家を出ていった。俺は中学出たらすぐに働くようになって、でも働いた金は全部親父の酒代になるし、やってらんねぇって思って家を飛び出したのが、二年くらい前」

フライパンに浅く水を張っていると、春川も何か手伝おうとしたのか椅子から腰を浮かせかけた。「座ってろ」と隆二が声をかけると、春川は言われるまま椅子に座り直し、カウンター越しに隆二に尋ねる。

「二年前って……隆二君まだ十七歳とかじゃないの？」

「そんなもんだな。その後は現場の先輩のつてを頼って建築会社に就職した。社員寮で生活してたけど火事で寮が燃えて、今しかないと思って寮から逃げ出したんだ。けど、中卒じゃ大した仕事につけないし、実家にも戻れない。それで困ってこの店に転がり込んだ。行く当てがないときだけ孫面してじいちゃんの世話になってるんだから、商店街の人たちが俺のことよく思ってないのは当然だと思う」

フライパンを火にかけ、さてどうやって蟹を並べようかと思案していたら、春川に唸るような声で待ったをかけられた。

「商店街の人たち以前に、なんだか聞き逃せない部分がいくつかあったんだけど？　寮が火事になって、逃げ出した？」

「周りも混乱してたからな。今ならいけるんじゃないかと思って。なあ、蟹の脚取っちまっていいか？　このままじゃフライパンに収まらねぇし」

「取っていいけど、そんなことより身の回りのものも焼けたんだよね？　火災保険だって入ってただろうし、逃げる理由がわからない。まさか火の元が隆二君の部屋とか？」

「違うけど、あの頃は勝手に寮から出られなかったから」

「どういうこと？」と春川が身を乗り出してくる。

「会社の近くに寮があったから、休みの日だろうと真夜中だろうと仕事があるとすぐ電話がかかってきたんだよ。なんだったら部屋まで押しかけられることもしょっちゅうだったし。外出届けがないと寮の外には出られなくて、それも申請が面倒くさかったから……」

「外に出るだけで届けが必要なの？　買い物に行くときは？」

「寮では三度の食事が出たからそんなに買い物に行く必要もなかった。服だって作業着があったし。給料から寮費とか食費がガッツリ引かれるからそもそも手元に金なんてほとんど残らない。まず休みがなかった。同じ寮に住んでるオッサンたちに『休み代わってくれ』って頼まれることが多くて。俺もやることないし、金になるならいいかって働いてた。でも不思議と給料はあんまり上がらなかったな」

　つらつらと喋っていたら、いつの間にか春川が青ざめた顔でこちらを見ていた。

「今にして思えば、ブラックな会社だったかもしれない」

「……ブラックどころじゃない。人権問題に発展する環境だよ」

「周りのオッサンたちもそう言って心配してくれた。若いのにこんなところにいたら早死にするって。だから寮から火が出たとき、みんなして『今のうちに逃げろ！』『お前は借金があってここに来たわけじゃないいんだろ！』って俺のこと逃がしてくれたんだ」

「本当に君、どんなところで働いてたの……⁉」

酷い職場だとは隆二も思っていたが、春川の反応を見るに自分は想像以上に劣悪な環境で働かされていたらしい。

「ねえ、本当に……通報した方がいいんじゃないの？　どうしてそんなところで二年も働いていられたの？　おかしいと思わなかった？」

蟹を並べたフライパンの中でふつふつと湯が沸いてきて、隆二はフライパンの蓋を閉めた。

おかしいとは思ったが、他に行く当てがなかったのだ。朝も夜もなく酔っぱらって手を上げる父親のもとに帰らないで済むのなら、休みなく肉体労働に従事している方がずっとよかった。同じ寮に暮らしているのは荒っぽい連中ばかりだったが、それでも日中は働いているだけ父親よりはマシだったのだ。

寮費や食費があんなに給料から天引きされるなら他のアパートに住んだ方がよかったかと思ったこともあったが、未成年の自分一人ではまともに家も借りられない。

「入社する前にちゃんと契約書とか読んでなかった俺が悪いんだろ」

同じ寮に住んでいた人々が口癖のように呟いていた言葉を隆二は口にする。しかし春川は「契約書にちゃんと書いてあったかもわからないじゃないか」と声を低くした。

「契約書に書いてあるなら口頭でも確認すべきだ。君は騙されたんだよ。それなのに相手を責めないなんて優しいけど、その優しさは悪い連中の食い物にされる」

「優しいわけじゃなくて、相手を責めるのはお門違いだろ。俺がちゃんとしてたら騙されなかったんだろうし。俺の頭が悪いから——……」

「違うよ」

　自虐を含ませた隆二の言葉を、春川は硬い声で遮った。最後まで言わせてなるものかとばかり身を乗り出して「それは違う」と隆二の目を覗き込む。

「騙される方が悪いなんて悪人側の勝手な言い分だ。どう考えたって騙す方が悪い。騙す側のやり口は巧妙だから、慣れていなければ誰だって引っかかる。頭の良し悪《あ》しなんて関係ない。自分を卑下する必要だってない」

　春川の勢いに押され、反論の言葉を呑み込んでしまった。そんな隆二を見て、春川は少しだけ表情を緩める。

「痛い目に遭ったんだから、次は同じ目に遭わないように注意しよう。経験をきちんと糧にしようね」

　頷きつつ、でも自分の頭が悪いのは事実だからな、と隆二は思う。学校は中学までしか出ていないし、在学中の成績だって酷いものだった。読めない漢字はたくさんある。暗算も苦手だ。ここで暮らすようになってから少しだけまともな生活に戻れたが、道信が入院した後は、やっぱりこれまでと同じような日雇いバイトしかできずにいる。

変わることは難しい。周りがどんなに変化しても、自分はずっとこのままなのだろう。

そんなことを思っていたら、春川が立ち上がってカウンターの中に入ってきた。隆二の隣に立ち、「もういいかもよ」とフライパンを指さして食器の用意を始める。

送られてきた蟹はすでに下茹でを済ませたものらしい。そう長く蒸し焼きにする必要もないようだ。フライパンの蓋を開け、鮮やかに赤い蟹をまじまじと眺めていたら、頭にずしりと重たい物が乗せられた。

「そんな会社に就職しても、自暴自棄にならなかった君は偉いね」

すぐ近くで声がして、振り返ると春川が隆二の頭に手を乗せていた。

「もっと早く逃げ出しても不思議じゃなかったのに、その場で頑張って仕事を続けてたから、先輩たちからも可愛《かわい》がられてたんだね。火事のとき、みんなして君を逃がそうとしてくれたんだろう？　まっとうに仕事をして、そのことを周囲から評価されていた何よりの証拠だ」

頭が左右に動くくらい手荒に頭を撫でられ、偉いと繰り返されて目を瞬かせる。

他に行く当てがなかったのだと、そんな後ろ向きな気持ちでいたが、あの過酷な環境から逃げ出さなかった自分は偉かったのだろうか。誰もそんなことは言ってくれなかったからわからない。

同じ寮に住んでいる人間は下っ端の隆二にあれこれ仕事を押しつけてきたが、自分の仕

くれた手を思い出す。

火事のあった夜、早く逃げろ、と背中を押してくれた手と、これだけでも持っていけ、と隆二の背中にわずかな小銭の入った上着をかけてくれた手を思い出す。

「……俺、みんなにちゃんとお礼言ってないや」

目を閉じて呟くと、頭を撫でていた春川の手が止まった。

それがなんだか惜しくて、隆二は春川の手に自ら頭をすり寄せた。その動きを察したのか、それまでより優しく頭を撫でられる。

「困ったなぁ、本当に可愛いんだな、君。ブラックな会社でもみんなから可愛がられる理由がわかった気がするけど、変に周りから目をつけられそうで怖いよ」

春川の指先が隆二の髪を梳《す》いていく。荒れてパサついた毛先を春川に撫でられていると思ったらなんだか気恥ずかしくなって、隆二は無意識に春川の方へ倒していた上体を起こした。閉じていた目も開け、乱れた髪を手櫛《てぐし》で撫でつける。

「なめんな、タイマンの喧嘩なら負けたことないぞ」

春川は隆二の頭を撫でていた手を引っ込め、「そういう意味じゃないんだけど」と苦笑した。

「その無自覚な感じもなんだか危なっかしくて」

「心配されなくてもあんたよりは喧嘩慣れしてる」

春川は低く笑っただけで、それ以上言葉を加えようとはしなかった。

昔の話などしていたせいで少し遅くなったが食事の準備を終え、再び春川とカウンターに並んで腰かける。

蟹の脚を積み上げた大皿と、ほぐした身を混ぜた蟹味噌をカウンターに並べ、隆二はどんぶりに山盛りの白米、春川は近所のスーパーで買った缶ビールを脇に置いて、いただきます、と両手を合わせた。

蟹などまともに食べたことのない隆二は、春川を真似て恐る恐る蟹の脚を折る。春川は殻からするりと身を抜いたが隆二は上手くいかず、箸の先でほじるようにして身を食べた。

「……うま」

塩気の効いた蟹の身はプリッとして、噛むとほんのり甘みも感じる。

カニカマとはまったく違う食感と香りだ。蟹風味の何かを食べたことはあっても、蟹を食べるのは正真正銘これが初めてなのだなと実感して、じっくり蟹を味わった。殻の奥にある身が取りにくいのが難点だが、指と歯の力でバリバリと殻を割って、奥に潜んだ身も食べ尽くした。

黙々と蟹を食べる隆二を見て、春川は機嫌よく目尻を下げる。

「隆二君はいつも一生懸命食べてくれるからいいね。準備したかいがあったなぁって、嬉しくなる」

「……腹減ってるからがっついてるだけだろ。お上品に食えなくて悪かったな」

箸の持ち方をしつこく指摘してくる春川の前で蟹の殻に歯なんて立てたら行儀が悪いと咎《とが》められるかと思ったが、春川は楽しそうに笑うばかりだ。

「悪くないよ。そんなに残さず食べてもらえたら蟹だって本望だ。今度一緒にフライドチキン食べに行こうか。隆二君ならすごく綺麗に食べられそうだ」

「食いきった後の皿は綺麗でも、途中経過は見られたもんじゃねぇぞ」

「見たいよ、ぜひ見たい。一生懸命食べる君が好きなんだ」

春川は、好意を示す言葉を口にすることに躊躇がない。いいね、好きだよ、と簡単に言葉にする。お帰りや行ってらっしゃいという挨拶にようやく慣れたばかりの隆二には刺激が強く、いつも返事に困ってしまう。

今も何も言えずに蟹の脚をぽきりと折ると、横から春川も蟹に手を伸ばしてきた。

蟹の脚を折った春川が、中からずるりと身を抜き取る。隆二にはどうしてもそれができない。まじまじと春川の手元を見詰めていると、春川が声を殺して笑った。

「そんな不思議そうな顔しないで。折る場所がちょっと違うだけだよ」

「……関節のところで折ってるんじゃないのか？」

隆二は関節部分で折ってしまった蟹の脚を両手で持って尋ねる。春川は新しい蟹の脚を手に取ると、関節部分より少し手前でぽきりと脚を折った。ずるりと中から身が取れる。

「少し位置をずらせばいいだけだよ。はい、どうぞ」

身を乗り出した春川が、殻から引き抜いた身を隆二の口元に近づける。

両手で蟹の脚を持っていた隆二は差し出されたそれを受け取ることもできず体を後ろに引いたが、春川はなおも隆二の口元に身を近づけ「ほら、あーん」なんて冗談めかした口調で言う。うろたえる隆二を面白がっているらしく、満面の笑みだ。

たまには反撃してやりたくなって、隆二は半ばやけくそで春川が差し出す蟹に嚙みついた。しかし勢いがつきすぎたのか、唇が春川の指先に触れてしまって慌てて身を引く。

春川もさすがに驚いた顔をしたが、その顔が不快そうに歪《ゆが》むことはなかった。むしろなかなか懐かなかった野良猫が手ずから餌《えさ》を食べてくれたような笑顔で、「もう一本食べる？」なんていそいそと新しい蟹を手に取ろうとする。

「自分で食える！　そんなことより手を拭けって……」

タオルを手渡そうとしたら、春川が指先から滴る蟹の汁をぺろりと舐めたので絶句した。

春川もとっさの行動だったのだろう。あ、と小さく声を上げたものの、硬直する隆二を見るとすぐに悪戯っぽく目を細めた。

「間接キッス？」

「馬鹿！　早く拭け！」

焦る隆二の隣で、春川はおかしそうに声を立てて笑っている。対する隆二はまるで動揺が収まらず、腹立ちまぎれにバキバキと蟹の脚を折った。

（もおおぉー！　いい加減にしろよ、もっと危機感を持て！　相手が女だったら絶対そんなことしないだろ！　俺は男だから問題ないとでも思ってんだろ⁉　でもこんなことして俺に好かれたらどうすんだよ！　俺の恋愛対象は男だぞ！）

男なら誰でもいいわけもないが、それでももう少し適切な距離感を持ってほしい。特に春川なんて、ただでさえ好ましい感情を抱いているというのに。

（たまに変な冗談言うけど、いい奴だし、親切で優しくて、子供たちからも懐かれてるし、一緒に飯食うと楽しいいし、それに……）

春川に対する感情をあれこれ列挙していって、隆二はふと手を止める。

酒のつまみに蟹味噌を食べている春川をじっと見て、あれ、と思った。

（変な奴だけど、でも、嫌いじゃない）

視線に気づいた春川が、蟹味噌の載った皿をこちらに押し出してくる。

「人生初の蟹味噌、食べてみる？　美味しいんだよ」

美味しいものを一緒に食べようと笑ってくれるその顔を見たら、胸の奥が熱くなった。

じんわりと熱を帯びるような生易《なまやさ》しいものではない。内側から火を当てられたようだ。

隆二はふらふらと箸を伸ばし、ほぐした身を少し加えた蟹味噌を口に運んでみる。

正直、味はよくわからなかった。身の部分より磯の匂いが強い、ような気がする。それよりも、春川がこちらを見ていると思うと落ち着かなくて目が泳いだ。

押し黙った隆二を見た春川は、蟹味噌が口に合わなかったと判断したらしい。「無理しなくていいよ」と苦笑して皿を引いた。

隆二は箸を置くと再び蟹の脚に手を伸ばす。春川に教えてもらった通り、関節より少し手前で殻を折ると中から綺麗に身を引き抜けた。けれどそれを喜ぶだけの余裕もない。唐突に、なんの前触れもなく自分の本心に触れてしまってただ戸惑う。

（俺……もしかしてとっくにこの人のこと、好きになってないか……？）

まさか、と自ら否定してみたものの、胸に響いた声は弱々しい。

急に黙り込んで蟹の殻を剝き始めた隆二に、「どうしたの」と春川が声をかけてきた。

隆二は春川の顔を見て、その手元に目を落とし、自分の唇があの指に触れたのだと思ったら猛烈に恥ずかしくなってふいっと顔を背けた。

隆二の目線の動きを春川は正しく理解したらしく、顔の横で軽く手を振ってみせる。

「さっきのこと気にしてる？　意外と純情なんだね。その顔だったら彼女の十人や二十人いただろうに」

「そんなにいるわけないだろ」

人をなんだと思っているのだと憤慨して言い返すと、「じゃあ、一人や二人はいた？」と質問を重ねられた。

「……っ、い、いねぇ、し」

「そこで正直に白状しちゃうんだ？　素直だなぁ」

「うるせぇよ」

隆二は無心で蟹の殻を剝こうとするが、手元が定まらない。もしかしたら自分は春川が好きなのかもしれないと気づいてしまった直後に、当の本人と何食わぬ顔で恋愛話ができるほど器用な性格ではなかった。

春川の視線すらまともに受け止めきれなくなって、隆二は殻ごと噛み砕く勢いで蟹の脚に噛みついた。茹でた蟹のように赤くなっていく自分の頰に、春川が気づかなければいいと思いながら。


子供というのは何をやりだすかわからない。

さっきまで仲良く遊んでいた子供たちが、ちょっと目を離した隙に喧嘩を始める。何もないところで転んで大泣きする。今使っていた鉛筆がなくなったと騒ぎだす。

子ども食堂でトラブルが発生しない日などないと言っても過言ではない。

今日は力哉が味噌汁をひっくり返した。

配膳してからすでにだいぶ時間も経っており、味噌汁はすっかり温くなっていたため幸い火傷はしなかったが、隆二は力哉を二階に連れていってシャワーを浴びさせた。

こういうときのために、食堂では子供の着替えも何着か用意している。よく食堂に来る子供たちの親が、小さくなった服を寄付してくれたものだ。

途中で春川が二階に来てくれたので力哉を任せ、汚れた服を軽く手洗いしてから隆二も食堂へ戻った。力哉はけろりとした顔でいつものように最後まで店に残って、隆二に送り届けられて家に戻った。

その晩、食堂を閉めて自室に戻った隆二が寝支度をしていると、廊下から春川に声をかけられた。

「……隆二君、ちょっといい？」

春川が隆二の部屋を訪ねてくるのは初めてで、隆二は何事かと部屋の襖を開けた。ちょうど風呂から上がったばかりでろくに髪も乾かしていなかった隆二を見た春川は、少し驚いたように目を見開いて唇に苦笑を滲ませる。

「お風呂から上がったら、きちんとドライヤーで髪を乾かさないと風邪を引くよ」

「そんな説教しに来たのか？」

「いや、目についたから黙っていられなかっただけ。お節介かもしれないけど」

お節介には違いないが、他人に心配してもらえるのは案外嬉しいものだ。隆二は首から下げていたタオルで軽く髪を拭くと、大きく襖を開いた。

「他にも話があるなら、入れば」

隆二は敷きっぱなしの布団を二つに折って部屋の隅に押しやり、ちゃぶ台の前で胡坐《あぐら》をかく。向かいに腰を下ろした春川は、少し迷うように沈黙してから口を開いた。

「これも多分、お節介なんだろうけど……。力哉君のことが気になって」

「味噌汁こぼしたことか？　火傷はしてなかったぞ」

「それもあるけど、あの子……ちゃんとお風呂に入れてもらってないよね？」

隆二はふつりと口をつぐむ。やはり気がついたか。力哉を二階まで迎えに来たとき、春川が少し強張った顔をしていたのでもしかしたらとは思っていたが。

春川は真剣な表情でなおも続ける。

「力哉君、小学二年生にしては華奢《きゃしゃ》だし、服もいつも汚れてる。隆二君もそれに気づいてたからお風呂を使わせてあげたんじゃないの？」

力哉がここのところほとんど風呂に入っていないだろうことは隆二も気づいていた。力哉が味噌汁をこぼしたときだって、乾いたタオルで拭えば済むところを、いい口実ができたからとわざわざ風呂を貸したのだ。

黙り込む隆二の顔をじっと見て、春川は慎重に口を開く。

「力哉君は、ネグレクトを受けてるんじゃないの？」

「……ネグレクトっていうか、力哉の家は母子家庭でお袋さんが忙しいから」

「お風呂も入れられないくらい？」

そういう家もあるだろう、と返そうとしたが、春川の言葉にはまだ続きがあった。

「力哉君だけじゃなくて、清正君のことも気になってるんだ」

清正の名前が出てきたら、さすがに表情を引き締めざるを得なくなった。清正も最後まで食堂に残っていたので、今日も隆二が自宅のそばまで送り届けてきた。

「今日、清正君の顔に痣《あざ》ができてたよね。食事中、袖口からも痣が見えた。たまに怪我をしてることがあるとは思ってたけど、あれは喧嘩？　それとも、家で虐待を受けてる？」

隆二だって、清正の顎に新しい痣ができていたことくらい気づいていた。これまでだってそうだ。清正はたびたび痣をこしらえて店にやってくる。

清正は隆二がここに来る前からずっと子ども食堂に通っているそうで、道信も随分清正のことは気にかけていた。

答えを聞くまで頑として引く気のない顔つきの春川を見て、隆二は小さな溜息をつく。

「清正は、たまに親父さんに殴られることがあるらしいって前にじいちゃんが言ってた」

「やっぱり。だったらすぐ児童相談所に連絡しないと。清正君の件は警察に連絡してもいいかもしれない。力哉君の親にも連絡して一度店に来てもらうとか……」

「それは駄目だ」

言下に春川の言葉を退けると、信じられないと言いたげな目を向けられた。

「どうして。店の責任者がいないから？　今はそんなことを言ってる場合じゃ……」

「違う。じいちゃんがこの件には関わらない方がいいって言ってたからだ。うちがやってるのは子ども食堂であって、子供を助ける支援活動じゃない」

「何が違う？　子供を助けようとするのは一緒じゃないか」

「俺たちがやるのは、腹を減らしてる子供とか、家に帰りたくない子供に飯と場所を提供することで、それ以上のことはやらないんだよ」

「見て見ぬふりってこと？」

「それが最善ってこともある」

　春川の顔に落胆と苛立ちが入り混じったような表情がよぎった。そういうことなら、と大人しく引き下がる気はなさそうだ。

（この人本当に、目についたら黙ってられないんだろうな）

　隆二は濡れた髪を指先でつまんで溜息をつく。春川が善意で動いているのはわかる。だが、力哉や清正の立場はあまり理解できていないようだ。

　濡れた髪を指先で弾いて、隆二は春川に尋ねた。

「じゃあ、力哉の親に電話して『お子さんをお風呂に入れてないんじゃないですか？』なんて伝えたら何が起こる？　清正の親に『息子さんを殴ってませんか？』って詰め寄って、警察に通報したらどうなると思う？」

春川は少し考えてから「親は態度を変えると思う」と言った。

「そうだな、変えるよ。少なくとも力哉も清正も、二度とうちの店には来なくなる。それで俺たちは、力哉と清正に手を貸す機会を失うんだ」

春川は口を開け、空気を噛むような仕草をして唇を引き結んだ。何か言おうとして、一瞬でそれを引っ込めたようにも見えた。隆二の言葉が引き金になって、事前に考えていたのとは違う展開を頭の中で広げ始めたのかもしれない。瞳が小さく揺れている。

「……でも、親が僕たちに相談をしてくるかもしれない」

「しないよ。できるんだったらとっくにしてる。親だって後ろめたい気持ちはあるはずなんだ。わかってるのにどうにもならないから問題なんだろ？　それを他人から指摘されたら追い込まれて頑《かたく》なになる。子供を囲い込んでますます支援の手が届きにくくなる。だったら、一時的でも子供たちがここに逃げ込める状況を作っといた方がいいだろ」

「でも、一時的なだけじゃ根本的な解決にはならないよ……」

春川の声からはすでに最初の勢いが失われている。本人も迷いながら口を開いているのだろう。

隆二だってこの手の問題にどう取り組むのが正解かはわからない。だから前に道信から聞いた言葉をそのまま春川に伝えた。

「うちの食堂に来る子供たちは、半分以上は友達が行ってるから自分も行くとか、親が家にいなくてつまんないから行くとかそんな理由で来てるけど、中には力哉とか清正みたいに本気で切羽詰まってる奴もいる。そういう子供とか親にはまず、誰かが助けてくれるんだってことを実感してもらわないことには始まらないってじいちゃんは言ってた」

ちゃぶ台の前で、春川は姿勢正しく正座をしている。隆二の言葉を理解しようと真剣な顔で。だから隆二も懸命に言葉を探した。

「これは俺の家の話だけど……どんなに金に困ってても、自分の家が貧乏だってことは隠そうとするんだよ、親も子供も。だって恥ずかしいじゃん。金がないから給食費払えませんとか、ノート買えませんとか他人に言うの」

春川は隆二の言葉を咀嚼するように黙り込み、神妙な表情で頷く。

「先生とかに相談すればどうにかしてくれたのかもしれないけど、うちの親はそれも嫌がった。たぶん責められるのが嫌だったんじゃないかな。だって普通の家は給食費とか払えなくなることないし、子供のノートだって鉛筆だって買えるだろ？　そんな普通のこともできないなんておかしいって、周りから責められたくなかったんだと思う」

他の家庭は当然できることが自分の家だけできないのはなぜだろう。

親のせいだと思うより、自分がいい子ではないからではないかと当時の隆二は思っていた。自分がいろいろなことをちゃんとできないから、その応対に追われて親は普通のことができなくなっているのかもしれない。誰に言われたわけでもないのに、そんな後ろめたい気持ちが濡れたチラシのように胸の内側にぴったりと張りついて離れなかった。

「市役所とかに行けば助けてもらえたのかもしれないけど、未だに俺、職員に怒られるイメージしか湧いてこないんだよな。なんでこんなになるまで相談に来なかったんですか、とか、こんなことも知らないんですか、とか叱られそうで」

「そんなこと言われないよ」

「あんただったら言われないかもな。ちゃんとしてるから。でもほら、俺たちみたいな連中は、ちゃんとできてないって負い目ばっかりだから」

隆二もそうだ。ブラックな会社で働いて、何かおかしいと思いながらもどこにも声を上げられなかった。ろくな知識もないくせに、よく調べもしないで社員寮つきの会社に飛びついたお前が悪いんだと責められそうで。

無造作に救いの手を差し伸べられたところで、疑心暗鬼にかられてとても容易には掴めない。困っていると訴えようにも、今まで何をしていたのだと責められたらと思うと気が重い。問題を先送りにする癖がつき、状況は悪化する一方だった。

そういう負のループから抜けるには本人たちに声を上げてもらうしかない。そして声を上げてもらうには、自分の声は相手に届くし受け入れられると、まず信じてもらうのが先決なのだ。

「今は子供たちしか受け入れてないけど、じいちゃんがいた頃は力哉の母親もよく店に来てたし、じいちゃんにいろいろ相談もしてた。だからじいちゃんが戻ってくるまでは何もしない方がいいと思う。さっき風呂場で力哉の体も確認したけど、服で隠れてるところに痣とか怪我とかなかったたし、虐待じゃない。力哉の母親、三つくらい仕事かけ持ちしてるって前に聞いたたし、忙しくて力哉の面倒まで手が回らないだけだと思う」

春川は何か言いたげな顔をしたものの、ごくりと言葉を呑み込んで息をついた。

「……わかった。力哉君のことは君のおじいさんが戻ってくるまで様子を見よう。でも、清正君は？　ことは一刻を争うんじゃないか？」

清正の両親は離婚して、清正は父親に引き取られている。父親はきちんと働いているし、隆二の家のように困窮している様子はない。だが、ときどき父親は清正に手を上げているようだ。そのことは隆二も前々から気になっていた。

「俺も清正のことは心配だけど、あいつ来年受験するんだ。めちゃくちゃ偏差値高くて、東京からも離れてる高校受験して、合格したらじいちゃんとばあちゃんの家から学校通うんだって。そうしたらあの父親から離れられる」

「父親は、清正君が家を出るのを許してくれてるの……？」

「らしいな。かなり見栄《みえ》っ張りな親父さんらしいから、清正が有名高校に通うのは嬉しいんじゃないか？　でも清正が家で勉強してるとたまに邪魔してくることもあるらしいから、せめて店ではしっかり清正に勉強していってもらいたいんだ」

今は清正が勉強に集中できる場所を提供するのが一番だ。このタイミングで父親に連絡など入れては、清正の勉強場所を一つ奪うことになりかねない。

隆二の言葉に大人しく耳を傾けていた春川は、膝の上で拳を握ると無言で顔を伏せた。しばらくはそのまま身じろぎもせず、ようやくのろのろと顔を上げる。

「……子ども食堂に来ている子供たちに、そんな事情があるとは思わなかった。なんとなく、お金に困っている家の子がご飯を食べにくるイメージだったけど」

「そうとも限らない。無料で飯が食えるならラッキーだから行っとけって家もあるし」

春川の眉間に皺が寄る。納得しかねる理由だったらしい。

「だったらせめて、本当に困っている家庭の子供だけ受け入れたらいいんじゃないかな。そうすれば隆二君の負担も減るだろう」

「そうやって利用する人間を絞ると、あの食堂は家に問題がある子供しか行けないところなんだって思われるようになる。貧乏人が行くところだ、なんて近所から噂《うわさ》されるようになったら、親も本人も二度と店に来なくなる」

「でも、本当に困っていたら――」

「困ってる人間ならそんな陰口気にしないって？　金のない人間には自尊心がないとでも？」

隆二の言葉に、春川は礫《つぶて》でもぶつけられたような顔で息を吞む。

そんなつもりじゃ、と口にしかけ、春川は唇を引き結んだ。弁解の言葉を腹の底まで押し戻し、代わりに重々しい声で呟く。

「……申し訳ない。僕の考えが浅かった。中途半端な正義感なんて、お節介どころか質の悪い迷惑でしかなかった」

春川から深く頭を下げられてしまい、隆二は慌てて姿勢を正した。

「別に俺に謝らなくても。ていうか、力哉とか清正のことに気づいても何もしない人の方が断然多いんだから、春川さんはなんかしようとするだけましなくらいで」

「いや、先走って何かしようとするのはよくないな。反省した。でも、力哉君の家は行政からなんらかの支援を受けられるはずだ。困っている人たちを支援する政策があるのに、その情報が必要な人のところに届かないのは問題だと思う。隆二君のおじいさんが戻ってきたら、僕から情報提供だけでもできないかな。清正君も、早めにおじいさんの家に預けるとか、シェルターを紹介するとか……でも受験までもう間もないし、下手に環境を変えるのも本人のためによくないか」

難しい顔でぶつぶつと何事か呟き始めた春川を見て、隆二は口元を緩ませる。

子供たちのためによかれと思って提案したことを却下されたのだ。機嫌を損ねてしまってもおかしくないのに、春川は素直に自分の非を認め、その上で自分にできることはないかと模索している。誰にでもできることではない。

(意外とちゃんとしてるくせに、この人、家出とかしてるんだよな……?)

最初の印象を裏切って、春川は思ったよりも常識のある人物だった。その認識が深まれば深まるほど、春川が家出などした理由が謎めいてくる。

家出の理由として真っ先に思いつくのは親子喧嘩だ。隆二だって父親と決別したくて十七歳で家を飛び出した。だが春川はすでに三十歳。家出などしなくても十分自立できる年齢と財力を持ち合わせているはずだ。

まだ何か考え込んでいる様子の春川に、隆二はそろりと問いかけた。

「……春川さんは、なんで家出なんかしたんだ?」

唐突な質問に春川が顔を上げる。きょとんとした表情は無防備だ。もしかしたらあっさり答えてくれるのではと期待して「前から気になってたんだけど」と隆二は続ける。

「親と一緒にいるのが嫌なら一人暮らしでも始めたらよかっただろ? こんなところに隠れる必要なんてない。それとも親とか関係なく、なんか重大な理由があるとか?」

「重大な理由って、たとえば?」

清正たちの問題はいったん保留にすることにしたのか、面白がるような表情で尋ね返され隆二は目を泳がせる。ぱっと思いついたのは借金取りから逃げるため、なんて理由だが、春川に限ってそれはない。むしろ隆二の人生とはかけ離れた、多くを持つ者ゆえの深刻な理由があるのではないか。

「たとえば……い、遺産相続とか？」

「残念、父はまだ生きてるよ」

「じゃあ、次期社長の座を巡って、兄弟が血で血を洗うような抗争を……」

「僕は一人っ子だからそれもないなぁ」

「だったらやっぱり親父さんとなんかあったか？　会社の経営方針で対立して、社内が分裂の危機とか、それであんたも命を狙われてるとか……」

楽しそうに相槌を打っていた春川が、耐え切れなくなったように肩を震わせて笑いだす。

隆二も命を狙う云々《うんぬん》はさすがにドラマの見すぎだと自分でも思ったので、照れくささをごまかすようにむすっとした顔で口をつぐんだ。

「そう大した理由じゃないよ。ご期待に沿えず申し訳ないけど」

「だったらどんな理由で家出なんてしたんだよ？」

春川はちゃぶ台に肘をつくと、隆二の顔をつくづくと眺めて目を細めた。

「大した理由じゃないけど、秘密のままにしておこうかなぁ」

なんだよそれ、と眉を寄せた隆二の前で、春川は目元の笑みを深くする。

「君にだって、秘密にしておきたいことの一つや二つはあるだろう？」

春川の笑みにどきりとして、追撃の言葉が出てこなかった。

ゆっくりと瞬きをした春川の顔がやけに艶めいて見えたせいだろうか。あるいは、まさに自分が隠し事をしながら春川と会話をしていたせいかもしれない。

「ま、まあ、言いたくないんだったら、別に――……」

緊張と困惑が入り混じる顔を隠すべく、隆二がそっぽを向いたときだった。

ゆら、と体が揺れた。船の上に立つような独特の揺れだ。

地震だ、と気がついたのは春川も同時だったようだ。互いに室内に目を走らせ、何か揺れているものがないか確認する。天井からぶら下がった電気の紐《ひも》に隆二と春川の目が向くと同時に、ドッと家全体が大きく揺れた。

大きい、と口の中で呟いて、隆二はとっさにちゃぶ台に両手をついて押さえた。

隆二の傍ら、壁際に置かれていた茶簞笥がガタガタと揺れる。上段に引き出し、中段にガラスの引き戸がついた簞笥だ。茶簞笥の中に飾られていた古い置き物や人形が揺れて引き戸にぶつかる。

「隆二君……！　ちゃぶ台の下に入った方がいい！」

春川から切迫した声が上がったが、小さなちゃぶ台の下に大人二人が入れるわけもない。揺れはますます大きくなって、傍らの茶簞笥が隆二の方に倒れ込んできた。

立ち上がれば隆二の胸の高さにも届かない茶簞笥だが、座っているところに倒れてくると酷く大きく見える。茶簞笥には引き出しもついていて、それが一斉にこちらになだれ落ちてきて隆二はとっさに目をつぶった。

次の瞬間、何かに強く肩を摑まれ引き寄せられた。

大きなものが立て続けに床に落ちる音がする。驚いて目を見開いたが、目の前に壁のようなものがあって何も見えない。代わりに甘い香りが鼻先をよぎる。最近春川が買い置きしてくれるようになった柔軟剤の匂いだ。それまで洗濯に柔軟剤なんて使っていなかった隆二にはまだ馴染みの薄い、でも香水より優しい、春川の匂い。

「隆二君、大丈夫⁉」

耳元で声がしたと思ったら、至近距離から春川に顔を覗き込まれた。

鼻先もぶつかりそうな近さに隆二は息を吞む。動転して激しく目を泳がせ、ようやく自分が春川の腕の中にいることに気がついた。

「な、な……っ！」

なんで、何やってんだ、と口にしたかったが、舌がもつれて言葉にならない。

春川は片腕でしっかりと隆二を抱き寄せ、もう一方の腕で傾いた茶簞笥を支えていた。背中を茶簞笥に押しつけ、全身で簞笥の転倒を防いでくれたようだ。

まだ茶簞笥の引き戸がカタカタと鳴っているものの、だいぶ揺れは収まってきたようだ。

春川は茶簞笥を元の位置に押し戻すと、小さく息を吐いて隆二の顔を覗き込んだ。

「隆二君、怪我とかしてない？」

心底隆二を案じる顔の春川を見たら、どぎまぎしているのが不謹慎なような気がしてきた。春川は隆二が怪我をしないよう身を挺《てい》して茶簞笥から庇《かば》ってくれただけなのに、背中に回された力強い腕や、凭《もた》れた胸の広さに胸を高鳴らせてしまうなんて。

こんな自分の気持ちが春川にばれたら幻滅される。

そう思ったら、忙《せわ》しなく胸の内側を叩いていた心臓が急に萎《しぼ》んだようになって、苦しくなった。

春川のことを好きかもしれないとは思っていたが、こうして抱き寄せられて初めて、自分が自覚していた以上に春川に惹《ひ》かれていたことがわかってしまった。

同時に、こんなにも躊躇なく隆二を抱き寄せてくる春川を見れば、春川がまったく自分を意識していないことも痛感せざるを得ない。

春川にとって隆二は、子ども食堂にやってくる子供たちと同じような存在なのだろう。頼れる大人もいない中、無茶な働き方をする隆二を見ていられなくて、春川は夜ごと隆二に夕食を買ってきてくれるし、こうしてそばにもいてくれる。

見てしまったからには放っておけない。それだけの話だ。

「……隆二君？　どうしたの？」

春川の胸に凭れて動かない隆二を訝《いぶか》しんだのか、春川がそっと背中に手を添えてくる。

「もしかして、地震が苦手？　隆二君には怖いものなんて何もないのかと思ってた」

うるせぇ、といつもの調子で呟いてみたものの、すぐには顔を上げられない。きっと傷

ついたような表情をしてしまっている。春川のせいではないだけに見せられなかった。

　春川は隆二を無理に起こそうとはせず、優しく背中を叩いてきた。

「大丈夫だよ。もう揺れは収まったから」

　子供を寝かしつけるときのような手つきだ。やはり子供扱いか、と目を伏せたところで、さらりと後ろ髪を指で梳かれる。

「怖いなら今夜は一緒に眠ろうか？」

「……あんた、俺をどこまでガキ扱いしてんだ？」

　さすがにむっとして、隆二はしかめっ面で春川を見上げる。どうせ子供を見守るような慈愛に満ちた表情でもしているのだろう。そう思っていたのに、こちらを見下ろす春川が悪戯っぽく目を細めていたのでドキッとした。

「子供扱いなんてしてないよ。一目惚れしたって最初に言わなかった？」

「……はっ？　まだその冗談引っ張るのか？」

　春川は軽く眉を上げると、隆二の背中から首の裏へと指を滑らせる。

「なるほど。だからそんなに無防備に僕に密着してるわけだ？　気を許してくれてるのは嬉しいけど、あんまり気を抜いてると悪い大人にいいようにされちゃうよ？」

　指先でつぅっと首筋を撫で上げられ、触れられてもいない背骨の上にまで震えが走って
隆二は慌てて春川から体を離した。慌てすぎて、後ろに身を引いたら尻もちをついたよう

な格好になってしまい春川に笑われる。

「か、からかうな……！」

精いっぱい睨みつけてみたが、自分でも顔が赤くなっているのがわかるだけに迫力がない。

春川はなおも笑いながら、目にかかる前髪を後ろに撫でつけた。

「からかってないよ。隆二君の警戒心があんまり薄いから、ちょっと注意喚起をね。相手が男でも女でも気を許しすぎると危ないよ？」

「……あんたみたいな悪い大人もいるからか？」

「やだな。僕は悪い大人じゃなくてずるい大人だって前にも言ったじゃないか」

何が違う、と吐き捨てて、隆二はようやくその場に座り直した。

（……またいつもの冗談かよ）

隆二が地震に怯《おび》えていると勘違いして元気づけようとしてくれたのかもしれない。見当違いもいいところだが、おかげで消沈した顔は見られずにすんだ。

まだ頬に熱を残したまま隆二は周囲を見回す。ちゃぶ台の近くに、茶簞笥から飛び出した引き出しと中身が散乱していた。春川がとっさに茶簞笥を支えてくれなければ、隆二は簞笥の下敷きになっていただろう。

「……助けてもらって、ありがとうございました」

居住まいを正して礼を述べると、春川におかしそうに喉の奥で笑われた。

「セクハラまがいのことをされたのに、ちゃんとお礼を言ってくれるんだね」

「セクハラって……助けてもらったのにそんな難癖つけねぇよ」

「素直だなぁ。誰かに優しくされてもほいほいついていったりしたら駄目だからね？」

「やっぱりあんた、俺のこと小学生かなんかと勘違いしてないか？」

さすがに呆れて、隆二は畳の上に転がっている引き出しを引き寄せて中身を戻す。

茶箪笥の中のものはすべて道信のものだ。何かなくしては大変だからと、畳に頭をつけてちゃぶ台の下まで覗き込んでいたら、あれ、と春川が声を上げた。

「……これって銀行通帳？」

顔を上げると、春川が床に落ちていた通帳を手にしていた。「古いやつかな？」と言いながら隆二に手渡してくるので、隆二も手帳の中を確認する。

「これ、今使ってる通帳だ。貴重品は金庫に入れとけってじいちゃんに言っといたのに」

「こっちの茶封筒には現金も入ってるみたいだけど」

そう言って春川が手渡してきた封筒の中には数十枚の万札が無造作に入れられていた。店の売上金だろうか。せっかく部屋に金庫があるというのに、不精にも茶箪笥の引き出しに押し込んだままにしていたらしい。

不用心だな、とぶつくさ言いながら通帳と現金の入った封筒を引き出しに戻していると、春川に不思議そうな目を向けられた。

「てっきり店に現金がないから隆二君が金策に駆け回ってるんだとばかり思ってたけど、そういうわけでもないんだね。そのお金を使ったらいいのに」

「でも、これはじいちゃんの金だから勝手に使うわけには……」

「そんな他人行儀な。君は店長のお孫さんなんだし、この店のために使うなら構わないと思うよ。おじいさんだって納得してくれるんじゃないかな」

そうは言われてもこの場に道信がいない以上なんとも答えようがなく、隆二は立ち上がって箪笥に引き出しを戻した。春川は座り込んだまま隆二を見上げ、なおも言い募る。

「そうすれば隆二君だって無茶なバイトをしなくて済む。君はちょっと働きすぎだ。それで君が倒れたりしたら、おじいさんも悲しむと思う」

なかなか休みをとろうとしない隆二を春川は本気で案じているようだ。ここで頑なに春川の言葉を突っぱねるのも不自然かと、隆二は渋々その場に座り直した。

「バイトなら、明日は休みにした」

「そうなの？」と声を高くした春川は、明らかにほっとした顔だ。

明日は月曜で、朝から食堂を開け子供たちに朝食を振る舞わなければいけない。普段ならその後バイトに向かうのだが、明日は休みを取っていた。春川が子ども食堂の食材費を折半してくれるようになったこともあり、道信が倒れてから初めて、ほんの少し息をついてもいいかもしれない、と思えたからだ。

「だから、明日はじいちゃんの見舞いに行ってくる」

「うん。そうしたらいいよ。道信さんも隆二君が来てくれたら喜ぶだろうし」

「……じいちゃんの意識はまだ戻ってないみたいだけど」

「だとしても、声を聞かせてあげたらいい」

春川も、隆二が道信の見舞いに行く時間すらとれずにいたことを気にしていたらしい。なんだかやけに嬉しそうな顔で「ゆっくりしておいで」なんて笑っている。

病室のベッドで横たわる道信と対面する場面を想像すると不安でみぞおちの辺りが硬くなったが、春川が笑顔で送り出してくれるならなんとか家を出られそうだ。

これまで無理やり仕事を詰め込んで病院に行かなかったのは、金銭面の不安以上に、現実と直面するのが怖かったせいかもしれないな、と今になって隆二は思う。

「……ありがとうございます」

隆二は春川に深々と頭を下げる。春川は「お礼を言われるようなことしてないよ？」と苦笑しながらも、優しく目を細めた。

「お見舞いに行こうと思えるくらい家族仲がいい君たちが羨ましいよ。意識がなかったとしても、おじいさんにたくさん話しかけてあげたらいい。きっと聞こえてるはずだから」

家族、という言葉を口にするとき、春川は少し寂しそうな顔をした。

一方の隆二は家族という言葉にちくりと胸を刺され、春川の表情の変化に気づくことすらできなかったのだった。

道信が商店街でバイクと接触事故を起こしてから、すでに三週間以上が経っている。事故の直後は道信の意識もあり、救急車に乗り込む直前は隆二と短い会話もしていたのに、病院に到着するや道信は意識を失い、その後一度も目覚めていない。

月曜の朝、緊張した面持ちで病院へやって来た隆二は、慣れない様子で受付を済ませ、道信がいる病室へ向かった。

道信が入院しているのは四人部屋だった。どこからともなく消毒液の匂いが漂ってくる病室の入り口に立ち、隆二は一つ深呼吸をする。道信のベッドは廊下に近い場所に置かれていて、周囲を白いカーテンで囲われていた。

ゆっくりとカーテンに近づき、指先でかき分けるようにしてカーテンを開ける。真っ白なカーテンで窓からの日差しを遮られているせいか、ベッドの周囲は薄暗い。布団の上には、仰向《あおむ》けで眠る道信の姿があった。

ぴったりと瞼を閉じ、規則正しい呼吸を繰り返している道信の顔をしばし見詰めてから、隆二は足音を忍ばせて枕元に近づいた。丸椅子を引き寄せ、物音を立てぬよう腰かける。

じいちゃん、と呼んでみたが、同じ部屋には他の患者もいるので息が掠れるような声しか出なかった。

椅子に腰かけ、隆二は道信の顔を凝視する。

七十歳も半ばを超えた道信の顔には深い皺が刻まれ、短く刈り込んだ髪は真っ白だ。ぱっと見たところ外傷はないので、ただ深く眠っているように見える。

医師によると、脳に異常があるわけではないらしい。それなのに、もう長いこと意識が戻らない。後はもう本人が目覚めるのを待つことしかできないのだそうだ。

ずっと点滴で過ごしているせいか、道信の頰はこけ、目の下も落ちくぼんでいる。覚悟はしていたつもりだったが、快活に笑う道信の顔を知っているだけにこの変化を目の当たりにするのは辛いものがあった。

このまま衰弱して、道信が二度と目覚めなかったら。嫌でもそんな想像をしてしまい、隆二は片手で顔を覆った。

「……じいちゃん」

弱々しく道信を呼んだ、そのときだった。

ベッドを囲むカーテンが勢いよく開いて、その向こうから誰かが顔を覗かせる。

看護師でも来たのかと思いきや、現れたのは商店街会長の青柳だった。

隆二は突然現れた青柳に驚いて肩を跳ね上げたが、相手もまた隆二がいたことに驚いたらしい。若干上ずった声で「お前も来てたのか」と言う。

「よ、ようやく少し、仕事が落ち着いたんで……」

近くに他の患者がいるので、どうしても会話が小声になる。

青柳は昏々《こんこん》と眠り続ける道信に痛ましげな目を向けると、すぐに隆二に視線を戻し、鼻の頭に皺を寄せて病室の入り口を指さした。

「見舞いが終わったら談話室に来い。ちょっと話がしてぇから」

言うだけ言って、青柳は病室を出ていってしまう。

小さく揺れるカーテンをしばし眺めてから、隆二はゆっくりと道信に視線を戻した。

道信は青白い顔を晒して眠っている。弱々しく上下する胸の動きを確認してから、隆二は覚悟を決めて椅子を立った。

そのままベッドを離れようとしたが、途中で思い直して道信を振り返る。

「じゃあ、俺行くから。じいちゃん、早く目を覚ましてくれよ」

意識のない人間に話しかけるのはなんだか気恥ずかしかったが、春川が出がけに「ちゃんとおじいさんに声をかけてくるんだよ」と言っていたのを思い出し、思い切って呼びかけてみた。当然ながら道信からはなんの反応もなかったが、道信と少しだけ言葉を交わしたような気分になれて、隆二は大きな一歩でベッドを離れた。

青柳の待つ談話室は、道信の病室と同じフロアにあるらしい。初めて足を踏み入れたそここには自動販売機と白いテーブルが並び、テラスに出て散歩をすることもできるようだ。

青柳はテラスに近いテーブルに腰掛け、腕を組んで隆二を待っていた。隆二に気づくと、こちらが椅子に腰掛けるのも待たず「ようやく見舞いに来たか」と呟く。

「……はい、今日やっと。青柳さんも来てくれてたんですね」

「俺だけじゃなく商店街の連中も結構来てるぞ。みんな中井さんのこと心配してんだよ」

お前と違って、とでも続きそうな言い草だ。隆二は返す言葉もなく、無言で青柳の向かいに腰を下ろした。

談話室には見舞客だけでなく患者の姿も多い。中には元気そうにお喋りしている患者もいて、たまにどこかで明るい笑い声が弾ける。大きな窓からは明るい日差しがさんさんと差し込んでくるが、隆二と青柳のテーブルには重苦しい沈黙が立ち込めたままだ。

「中井さんの意識、まだ戻らねぇな」

腕を組み、テーブルの一点を見詰めて青柳は呟く。身内のような深刻な表情で。

思えば青柳は道信が救急車で運ばれたときも、すぐ病院まで駆けつけてくれた。そして気が動転してろくに医者と話もできない隆二を押しのけ「なんかあったときは商店会長の俺が面倒見るよう中井さんから頼まれてるんで！」と言い放ち、入院に必要な手続きを引き受けてくれたのだ。あのとき、病院から帰っていく青柳に隆二は何度も頭を下げたが、青柳は「お前に礼を言われる筋合いはない」と言い捨て、振り返ることもしなかった。

青柳は隆二を見遣り、なあ、と低くしゃがれた声で言う。

「お前、いつまであの店に居座るつもりだ?」

青柳の視線は鋭く、見詰め返すのに勇気がいる。それでも隆二はまっすぐ青柳の目を見て、「じいちゃんが帰ってくるまで」と答えた。厚かましいのは承知の上だ。でも今更引くことなどできない。膝の上できつく拳を握ってつけ加える。

「今俺がいなくなったら、子ども食堂を続けられなくなるので」

青柳は片方だけ眉を上げ、鼻から大きく息を吐いた。

「子ども食堂な……。お前がそう言うから今まで大目に見ちゃいたが、最近お前の他にもあの食堂に住んでる奴がいるだろう?」

ぎくりと背筋が強張った。

以前、春川は商店街で青柳に声をかけられたと言っていた。日中はたまに外にも出ているようだし、子供たちの口から春川の存在が周囲にばれるのも時間の問題だろうとは思っていたが、こうして改めて問われると言葉に詰まる。

視線を落とした隆二を見て、青柳は大きな溜息をついた。

「中井さんの了承も得ず、そんな勝手なことしていいと思ってんのか?」

「……すみません」

「俺に謝ってどうすんだよ。申し訳ないと思うなら妙なことすんな」

正論に太刀打ちできず、隆二は首を竦めて「すみません」と繰り返す。

青柳は煩わしげにガシガシと頭を掻いて、胸の前でもう一度固く腕を組んだ。

「中井さんがあの子ども食堂を大事にしてきたことは知ってるし、このまま続けてほしいとも思ってんだよ。だからこそ、お前が子ども食堂を続けるって言ったときも強くは反対しなかったんだ。その辺ちゃんと理解しとけ。中井さんがいないからって我が物顔で好き勝手するようなら、店からお前を追い出すぞ。店にいる奴もとっとと追い出せ。中井さんがいない間に勝手にあの店を民泊代わりにしようってんなら、俺も商店街の連中も黙っちゃいないからな」

最後は脅すような口調で言って、青柳は談話室を出ていった。道信の病室に向かったのかもしれない。隆二もふらふらと席を立ってエレベーターホールに向かう。

他の見舞客とエレベーターの到着を待ちながら、隆二は力なく視線を落とした。すっかりくたびれて爪先が破れかけたスニーカーを見詰め、どうしよう、と胸の内で呟く。

春川を店に泊めていることなど、とっくに青柳たちにばれていた。こうして釘《くぎ》を刺された以上、春川には出ていってもらうしかない。さもなければ隆二まで店を追い出されることになる。子ども食堂だって続けられない。そうなったら力哉や清正はどうなる。特に清正はここが正念場なのだ。受験に失敗したら最後、あの父親からいつ逃れられるかわからない。

事情を話せば、きっと春川はすんなり食堂を出ていってくれるだろう。そう信じられる程度には春川のひととなりもわかったつもりだ。

（でもそうなったら、俺……また一人だ）

春川が来てから、ほんの少し生活に余裕ができた。

金銭面の話ばかりではない。疲れて帰ってきたときに誰かが迎えてくれる、食事の時間に他愛のない話ができる。そんなことが緊張しっぱなしの心をほぐしてくれた。

束の間の共同生活も、もうこれ以上は続けられない。そのことに泣きたくなるほどの淋しさを感じている自分に気づいて、隆二は奥歯を嚙みしめた。

（もともといつ店を出ていくんだかわかんねぇような相手だったんだから、今更だろ）

胸に芽生えた淋しさを振り払うように隆二は大股でエレベーターに乗り込む。

病院からの帰り道は、余計な感情を追い出すように終始俯いて速足で歩いた。

とにかく、まずは春川に現状を伝えなくては。そして近いうちに、この食堂から出ていってもらうように頼まないと。

胸の底からあぶくのように、嫌だな、と思う気持ちが浮かんできたが、無理やり無視して店の引き戸を開けた。思ったよりも勢いがついてしまい、ガラガラと大きな音が無人の食堂に響き渡る。

今朝は早めに店を出たので、時刻はようやく正午を過ぎたばかりだ。引き戸を閉めながら、隆二は無意識に春川が二階から下りてくるのを待つ。かなり大きな音を立ててしまったので、春川も隆二が帰ってきたのに気づいたはずだ。

ところが、隆二が店の鍵を閉めても春川はやって来ない。いつもならとっくに食堂まで下りてきて、「お帰り」と隆二に声をかけてくれるのに。

仕事中だろうか。耳を澄ませてみたが二階からは一切物音が聞こえない。人の気配すらないことに気づいた瞬間、隆二の背筋にぞわりと震えが走った。

隆二は肩から下げていたカバンを小上がりに放り投げると、カウンターに体をぶつけながらその奥に身を滑り込ませ、足音も荒く階段を駆け上がる。

「は……春川さん！」

廊下から春川の部屋に声をかけたが、返事がない。襖の向こうからは物音一つ聞こえず、全身からざぁっと血の気が引いた。

病院から帰ってくる道中、春川に出ていってもらうことばかり考えていたはずなのに。自分はまだ春川と離れ離れになる覚悟など少しもできていなかったのだと事ここに及んで思い知った。嫌だ嫌だと駄々をこねるような声が胸の底から次々と湧き上がってきて、隆二は勢いよく春川の部屋の襖を開いた。

「春川さ――……えっ」

室内に春川の姿を探そうとしていたのに、思わぬ光景にぎょっとして声が途切れた。

少し前まで隆二が使っていた家具も何もない殺風景な六畳間は、ほんの二週間ほど立ち入らずにいる間にすっかり様変わりしてしまっていた。

端的に言うと、とんでもなく物が増えている。

まずは部屋の隅にあるパソコン机と椅子。隆二がいない間に運び込んだのだろう。かなり頑丈な作りの机にはノートパソコンが置かれている。机の傍らには最新式のヒーター。隣にも似たような四角い機械が置かれているが、あれは加湿器だろうか。

壁際には見覚えのないハンガーラックが置かれ、コートやシャツやパンツがずらりと並んでいた。春川はいつもシャツにスラックスという代わり映えのない服を着ていたので気づかなかったが、いつの間にか大量の服まで買い込んでいたらしい。縦長の姿見まである。

つい先日まで自分が過ごしていた部屋と同じ場所とは思えない変わりようにしばし視線が定まらなかったが、目の端で何かが動いた気がしてようやく下方へ目を向けた。

窓際に、春川がここへ来て間もない頃に買った羽毛布団が敷かれている。布団はこんもりと膨らんでいて、隆二は恐る恐る床に膝をつきそっと上掛けをめくり上げた。

部屋の入り口に背を向けて眠っていたのは、春川だ。布団をはがされさすがに目を覚ましたのか、ごそりと寝返りを打ってこちらを向く。

「……春川さん」

ほっとしたのも束の間、春川の顔を見た途端、再び隆二の表情が強張った。

春川は、今朝隆二を見送ってくれたときと同じ服装で布団に潜り込んでいたが、朝とは明らかに顔色が違った。目の周りや頬は赤く、隆二を見上げる視線も定まっていない。もしやと春川の額に手を当ててみると、思った通りひどく熱かった。

「おい、熱あんのかよ……！　いつから？　具合悪いなら朝も寝てたらよかっただろ！」

春川はぼんやりと隆二を見上げ、でも、と掠れた声で答える。

「今日は朝から、子ども食堂があったから……。僕もおにぎり、上手に握れるようになったし、隆二君の役に立てるかと思って」

浅い呼吸を繰り返し、春川はうっすらと目を細めて笑う。

「馬鹿……！　寝るならちゃんとパジャマに着替えろ！　寒けりゃ俺の布団も持ってくる。加湿器もあるんだったらつけろよ」

「電気代が……」

「こんなときにしおらしい顔してんじゃねぇぞ！　ヒーターもついてねぇじゃねぇか！」

春川は重たげに瞼を上下させ、だって、と切れ切れに呟く。

「この家、ヒーターつけても底冷えするから……。ちゃんと壁に断熱材入ってる……？　あんまり寒いから、途中でいろいろ諦めちゃったんだよね」

「諦めんなよ！　早く着替えろ、布団持ってくる！」

口早にまくし立てて廊下に飛び出すと、隆二は隣の部屋から自分が使っている毛布と上掛けを引っ摑んで春川の部屋に戻った。確か道信が体温計をしまっていた薬箱があったはずだと、慌ただしく二つの部屋を行き来する。

寝間着代わりのスウェットに着替えた春川を布団に押し込み、無理やり熱を測らせると三十九度近く熱があった。体の丈夫さが取り柄の隆二は見たこともない高熱に青ざめて、どう対処していいかもわからずおろおろと春川の顔を覗き込む。

「何が必要だ？　風邪薬？　薬局で買ってきたらいいのか？　それとも病院に連れてかないと駄目か？」

枕元で正座をする隆二を見上げ、春川は苦しいだろうに小さく笑う。

「大丈夫。少し寝ていれば治るから。冬場は熱が出やすいんだ」

「……本当か？」

「本当。もし風邪薬があるならありがたいけど……」

「ある！　でも、その前に何か食わないといけないんじゃ……？」

「今日は子供たちと一緒にたくさん朝ご飯を食べたから、このまま飲んでも大丈夫」

本当だろうか。他人の看病なんてしたことがないので何が正しいのかわからない。薬を持ってくるべく立ち上がるが、何度も何度も春川を振り返ってしまってなかなか部屋を出ることができない。

春川は布団の中から隆二を見上げ、唇に優しい笑みを浮かべた。

「そんなに心配してくれるなんて、やっぱり隆二君は優しいね……」

いつもなら照れくさくて反射のように「優しくねぇ」と言い返すところだが、できなかった。部屋の入り口から春川を振り返り、子供のように唇の両端を下げて呟く。

「いいから、早くよくなれ」

言い置いて部屋を出る。背後から春川の笑い声が聞こえた気がしたがわからない。ただでさえ春川がここから出ていってしまうことを想像して落ち込んでいたのに。

病院で死んだように眠る道信と、ぐったりと布団に沈み込む春川の姿が重なってしまって、隆二の不安は大きくなる一方だった。

道信が買い置きしていた市販の風邪薬を飲むと、春川はまたすぐ眠りに落ちてしまった。

隆二は春川の部屋のヒーターや加湿器をつけ、冷凍庫に放り込んでいた保冷剤をタオルで包んで春川の額に載せて、その日は一日中春川のそばにいた。春川は吐き気や頭痛を訴えたり激しく咳をしたりするわけでもなく、ただ昏々と眠るばかりだったが、目を離した隙に病状が悪化したらと思うと不安で離れがたかった。

夕方、ふと目覚めた春川に何が食べたいと尋ねると、「アイス」と言われたので外に出た。スーパーでアイスを買い、ついでにスポーツドリンクや冷却シートも買う。スーパーに併設された薬局で市販の風邪薬や鎮痛剤も買い足した。自分のものを買うときはしつこいくらい金額を確認して、結局買わずに棚に戻すことも多いのに、今日は値段を見るのもそこそこに買い物かごに放り込む。

買い物を終えると脇目もふらず店に戻り、布団でうつらうつらしていた春川にカップに入ったバニラ味のアイスを差し出した。

「我儘言うなって怒られるかと思った」

春川は起き上がってアイスを食べながらそんなことを言う。笑っているが、声にいつもの弾むような響きがない。座っているだけで辛いのかぐらぐらと上体を揺らす春川を見て、隆二は真顔で言った。

「怒るわけないだろ。風邪ひいてるときくらい我儘言え」

熱のせいか春川の反応は鈍い。発熱した春川の手の中で、アイスがゆっくりと溶けていく。春川は隆二の顔を見て、緩慢にアイスを口に運び、ようやく隆二の言葉を理解したのか、目元をほどくようにして笑った。

「そんなこと言われたら惚れ直しそうだ」

隆二は黙って春川の横顔を見詰める。いつもの軽口を叩けるくらいには回復しているのか、それとも隆二の不安を取り去るためにわざとふざけたことを言っているのか。

どちらにしろ、春川の体が心配で不機嫌な表情を作ることもできなかった。

アイスを食べた後、春川は風邪薬を飲んで大人しく布団に潜り込んだ。薬が効いたのか少し熱が引いて、眠りも深くなったようだ。このまま熱が下がることを祈りつつ、一度は春川の部屋から離れた隆二だが、眠る前にもう一度様子を見にいくと再び春川の熱が上がっていた。

慌てて冷却シートやスポーツドリンクを抱え春川の部屋に戻り、その枕元に座り込む。眠りが浅いのか春川は何度も目を覚まして「よくあることだから」「心配しないで」「隆二君は休んでいいよ」と声をかけてくれたが、自分の見ていないところで春川の体調が急変したらと思うと気が気でなく、深夜まで春川のそばから離れられなかった。

「隆二君、明日も朝からバイトじゃないの……？　寝ておかないと、君まで体を壊すよ」

「病人がそんな心配するな」

「するよ。何かあったら声をかけるから、隣で休んで」

荒い息の下から春川に再三そう促され、自分がいるとむしろ春川の気が休まらないのかもしれないと、隆二も渋々自室に戻った。隣の部屋から春川の呻き声など聞こえたらすぐ駆けつけようと耳をそばだて、結局明け方近くまでほとんど眠れなかった。

朝になると、春川の熱は微熱程度まで引いていた。本人もだいぶ具合はいいと言うし、ひとまず安心してアルバイトに出かけることにする。ほとんど眠れていない状態で建築現場に出勤するのは体が辛かったが、下手に休むと春川に気を遣わせそうだ。春川が食べられるようにおにぎりをいくつか作り置きして、普段通り早朝から仕事に出た。とはいえやはり春川のことが気になったので、夕方には切り上げて家へ帰る。

店に戻ると、食堂に春川のために握っておいたおにぎりが手つかずのまま残っていた。嫌な予感を覚えて二階に駆け上がり、春川の部屋を覗き込む。

春川は、昨日と同じく顔を赤くして布団に潜り込んでいた。夕方からまた熱が上がったらしい。

具合がよくなったのではなかったのかと、隆二はなんだか泣きそうになる。春川の枕元に膝をつき、アルバイトなど行かずに春川のそばにいるべきだったと項垂れていると春川が目を覚ました。

「……おかえり、隆二君」

春川の声はガサガサだった。喉が痛むのか、喋るときに軽く眉を顰める。

「喉痛いのか……？　じゃあ、飯はうどんとかの方がよかったか？　それともまたアイス買ってくるか？　飲み物は？」

春川はぼんやりとした顔で瞬きをして、ふっと唇に笑みをのせた。

「隆二君、病人には優しいんだね……」

「当たり前だ。病人なんだから。治らなかったらどうする」

「治るよ。よくあることだって言ったじゃないか。子供の頃は毎年冬になるとこうやって熱が出た。午前中は熱が下がるけど、夜になるとぶり返すのが三日くらい続く」

「三日もこんな状態なのか？　やっぱり、病院に行った方がいいんじゃ……？」

「市販の解熱剤で十分だよ。それに、保険証を使うと足がつく……」

喋っているだけの体力もないのか、途中でまたうとうとと春川の瞼が落ち始めた。

「もう足がついたっていいだろ。病院行けよ。保険証は持ってるんだろ？」

「ええ……？　嫌だなぁ……」

「子供みたいなこと言うな。なんでそんな、そこまで……」

春川の瞼が完全に落ちて、隆二の言葉尻は溜息に溶けて消えてしまう。

改めて、どうして春川はこんな場所に身を隠しているのだろうと焦《じ》れるような気分で思った。家出なんてとっとと終わりにして、病院にでもなんでも行けばいいものを。

(……本当に、何かとんでもないトラブルに巻き込まれてるとか？)

社内分裂の危機で春川は命を狙われているのでは、なんて冗談めかして口にしたことがあったが、あのときの戯言を急に笑えなくなった。命を狙われるのは言いすぎだとしても、大きな会社なら社内抗争くらいあるだろう。隆二には想像もつかない複雑な争いに春川が巻き込まれていないとも言い切れない。

隆二はのろのろと顔を上げて室内を見回す。隆二が寝起きしていたときは古い布団が一組しかなかった六畳間には、今やたくさんの物がある。総額いくらしたのだろう。一時しのぎでいいのなら一階の食堂のテーブルを使って仕事をしてもよかっただろうに、春川は自分の居心地がいいように金を惜しまず室内を整えた。

（……住んでる世界が違う）

隆二なら、どんなに劣悪な環境でもそれに自分を合わせる。短期間のことならなおさら、多少の不便にも目をつぶる。

でも春川は違う。自分が心地よい環境を自ら作る。それまでの自分の生活を変えようとしない。そうできるだけの財力がある。そうするべきだと思っている。考え方が根本的に隆二と異なる。

唐突に、春川はいつかここを出ていく人なのだと実感した。

これまでも理解はしていたつもりだった。でも今やっと、身に食い込むほどはっきり、痛みすら伴って隆二は納得する。春川はそう遠くない未来、彼が本来生きている世界に帰っていくのだ。

（……あ、やばい）

室内はヒーターと加湿器のおかげで暖かいはずなのに、胸の奥が水を含んだように重たくて、そこを中心にしんしんと体が冷えていく。暮れていく真冬の公園に取り残されたような、凍えるほど心細い気持ちを久々に思い出した。

胸をむしばむ感情に、名前などつけない方がいい。名前がつくと存在が際立ってしまうから。だからずっと目を背けてきたのに、やばいと胸の内で呟いたときにはもう遅かった。

(——……淋しくなるなぁ)

道信が入院したときはあまりにも突然だったし、自分一人で子ども食堂を続けなければいけないというプレッシャーもあって淋しがっている余裕すらなかった。

でも、遠くない未来に春川がここを出ていく姿を想像したら淋しくなった。春川と自分の人生はあまりにも接点がなく、春川がここを去ったらもう二度と会うこともないのだろうと思うとますます淋しい。感情には形がないのに、胸の内側を針の先でチクチクと刺されるように痛むのはなぜだろう。

(もっと痛い思いしたときも、涙なんて出なかったのにな……)

春川は浅い呼吸を繰り返して眠っている。それを起こしてしまわぬよう、隆二は物音も立てず袖口で目元を拭った。


発熱から二日目の夜。昼も夜もずっとうつらうつらとしていた春川が、ぽっかりと目を覚ました。とはいえ熱は引いておらず、体力を消耗してだるそうだ。それでいて、眠気は引いてしまったらしい。日中ずっと寝ていたせいかもしれない。汗でべたつく髪を気にする春川にシャワーを浴びるよう勧め、その間に布団のシーツを新しいものと交換した。

シャワーを浴びて戻ってきた春川はいくらかすっきりしたようだが、まだ熱でむくんだ顔をしている。

「なんか食えるか？　アイスと、あと、冷たいうどんとかも用意できるけど」

春川はアイスで十分だと弱く笑い、カップアイスと薬だけ口に入れてまた布団に戻った。だが布団に入っても目を開けたまま、喉をさするような仕草をしている。

「……喉が痛むのか。飴とか買ってきた方がよかったか？」

「ん？　いや、大丈夫」

そう言いつつも、春川は無意識のように指先で喉元を押さえている。

隆二は「ちょっと待ってろ」と言い残して春川の部屋を出ると、スーパーで買っておいたリンゴを冷蔵庫から出し手早く皮を剝く。そのまま持っていこうかとも思ったが、思い直しておろし金でリンゴをすりおろしてから二階に戻った。

「これなら食えるか？」

春川は最初、深めの皿に盛りつけられたそれがなんなのかよくわからない顔をしていたが、隆二に「リンゴだ」と言われて目を見開いた。いつもよりも緩慢な動作で起き上がり、隆二から皿とスプーンを受け取って感嘆する。

「こういうふうにリンゴを食べるのは初めてだ」

「そうか？　喉が痛いときはすりおろして食った方が楽だろ？」

「知識としては知ってるけど、実際食べたことはなかったから」

春川はすりおろしたリンゴをスプーンですくい、ゆっくりと口に含む。噛むというよりは口の中ですり潰すように口を動かし、一口食べて目尻を下げた。

「冷たくて美味しいね」

よかった、と隆二は胸を撫で下ろす。少しでも食べてくれないと心配だ。

春川は皿に盛りつけられたすりおろしりんごをぺろりと食べ終えると、満足そうな溜息をついた。

「ありがとう。ご馳走さまでした」

おう、とぶっきらぼうな返事をして、隆二は空の器を春川から受け取る。ついでに春川の熱を測ってみると三十八度ジャストだった。まだ高熱だが、隆二が帰ってきた直後よりは下がっている。

布団に潜り込んだ春川は、天井を見遣ってしみじみと言った。

「……普通の子供は、風邪を引くとこういうものを出してもらえるんだな」

いいなぁ、と呟いた春川の声には、強い羨望が交じっている。

隆二は春川の枕元に座り込み、意外な気分でその顔を覗き込んだ。

「ただのすりおろしたリンゴだろ？　あんたなんか桃でもメロンでも好きなだけ出してもらってたんじゃないのか？」

「どうだったかなぁ。おかゆとか煮込みうどんとかゼリーとかヨーグルトとかスープとか、食べられそうなものは片っ端から用意してもらった気もするけど」

「俺はあんたの方が羨ましいよ」

春川は相変わらず天井を見たまま、唇から小さく息を吐いた。

「ベッドのそばにワゴンが置かれて、そこにラップのかかった料理がずらっと並んでるんだ。そばには誰もいなくて、食欲もないから全然手をつけられなかった」

呟いて、春川は隆二の方へ顔を向ける。

「でも、『何が食べたい？』『これなら食べられる？』ってあれこれ訊いて用意してくれる人がいると、食べよう、食べて早くよくならなくちゃって気持ちになるものなんだね。君に看病してもらって初めて知った」

胡坐をかいた膝に肘をつくようにして話を聞いていた隆二は、こちらを見る春川の目が思いがけずまっすぐなことにうろたえて姿勢を正した。

「……あんたの周りには、看病してくれる人がいなかったのか？　家族とかは？」

口にしてから無遠慮な質問だったかと後悔したが、春川は嫌な顔もせず「いなかったね」と弱く微笑んだ。

「父は仕事で忙しくて滅多に家にいなかったし、母もそんな父に蔑《ないがし》ろにされてるとでも思ったのか、自分よりずっと若い愛人を作って家を出ていってしまったから」

話している途中で唾を飲み、春川はぐっと眉間に皺を寄せた。喉が痛んだのか。それとも昔のことを思い出したのか。無理はするなと声をかけたが、春川は目を閉じて続ける。

「家にはいつも使用人しかいなかった。使用人も夜になると帰ってしまうから、熱を出してもただただベッドでうずくまっているしかなかったよ。普通の家の子供は家族が看病してくれるんだろうなと思うと、羨ましかった」

うっすらと目を開けて、春川は小さな声で呟く。

「すりおろしリンゴを食べさせてもらっていた君が羨ましいよ……」

春川の声は弱々しい。自分で言って、自分で傷ついているようにすら見える。

いつだって飄々《ひょうひょう》と笑っていた春川が、初めて見せたいじけたような表情だった。他人を羨むその顔にはあまりにも見覚えがあって、昔の自分自身を見ているような気分になる。

(この人も、こんな顔することあるんだな)

社長の息子なんてなんでも持っていて、何不自由したこともないのだろうと思っていたが、そういうわけでもなさそうだ。

他人は持っているのに自分はないという状況が、どれほど胸にこたえるかは隆二もよく知っている。それがどんなにささやかな物でも、他人からしたら他愛のない、それこそ新しいノートだとか消しゴムだとか、あるいはすりおろしたリンゴだったとしても、自分には用意してもらえなかったという事実は自尊心を傷つける。

思い切り蹴り飛ばされたやかんのように、心の内側にできたへこみ。春川の胸にもそんなものがあるのなら、へこんだ場所に手を当ててやりたくなった。

「うちだって、全然普通の家じゃなかったぞ」

胸の内側に直接触れることはできないので、隆二は布団の上から春川の肩に手を添えて軽く叩く。春川は何も言わずに瞼を上げたが、その顔には「病気のとき看病してもらってたくせに」という不満が浮き出ているようだ。熱のせいで表情を繕えなくなっているのかもしれない。

隆二は苦笑して、子供を寝かしつけるように春川の肩を繰り返し叩いた。

「すりおろしたリンゴを母親が食わしてくれたのなんて、覚えてる限り一度だけだ。その後は誰も看病なんてしてくれなかった。うちは親父が酒乱で、母親は働きすぎて過労で倒れて、見かねた母方の親戚が母親を家から連れていって、それっきり母親とは会ってない。その後は俺と親父の二人で、地獄みたいな生活を続けてたから」

春川がゆっくりと目を見開く。熱っぽく腫れたその目元に、隆二はもう一方の手を乗せた。掌《てのひら》の下で春川の睫毛が動いて、やがて大人しくなる。目を閉じたようだ。

「母親が倒れたのは、俺が小四くらいの頃だったと思う。親父は仕事もろくにしないで酒ばっかり飲んでて、気に入らないことがあると俺のことぶん殴ったりして、俺の身の回りのことなんか全然構わなかったから、まあ、いつもひどい見た目だったな」

子ども食堂に通ってくる力哉のようにいつも同じ服を着て、清正のように体中に痣や傷をこしらえていたあの頃。当然教師や地域の人たちは異変に気づいて、児童相談所の職員が自宅を訪ねてきたこともあった。

だが、隆二は彼らに対して一度も助けを求めなかった。むしろ相談所の職員が来るときは手持ちの服の中で一番マシな状態なものを着て、なるべく明るくはきはきと受け答えをした。父親に殴られていることも食事がままならないこともおくびにも出さず。

「……それは、相談所の職員にあれこれ訊かれるとお父さんが不機嫌になるから？」

掌の下で春川が痛ましげに眉を寄せたのがわかって、隆二は肩を竦めた。

「それもあるけど、施設に行きたくなかったんだ。だっていつ母親が帰ってくるかわかんないだろ？　俺がいない間に母親が帰ってきたら、きっと親父は母親だけ連れてどっかに雲隠れするんだろうなって、ずっとそんな心配してたから」

親戚に引きずられるようにして家を出ていくとき、母親は必死で隆二も連れていこうとした。隆二も追いかけたが祖父母と一緒に来ていた叔父に阻止され、車に押し込まれた母が「絶対迎えに来るから！」と叫ぶ声だけを聞いた。走り去る車を泣きながら追いかけて、でも追いつけず、それでも未練がましく車が去っていった方に歩き続けた。自分が靴を履いていないことも忘れて、泣きながら。

「母親がいなくなった後、家の中はいつもめちゃくちゃで、勉強とかも全然できる状況じゃなくて、中学卒業した後はすぐ働きに出た。今やってるみたいな日雇いの仕事」

働いても、給料のほとんどは父親の酒代に消える。酒が切れると殴られた。中学を卒業したばかりでは父親の体格にとてもかなわず、毎日ぼろぼろの体を引きずってきつい現場に出て働いた。

そうやって母の帰りを待ちながら働き続け、隆二が十七歳になったある日、父親がいない時間を見計らったかのように母方の祖父がアパートにやって来た。

母親が出ていって以来、母方の親族とはずっと音信不通だった。当時幼かった隆二には祖父母の住所など知る由もなかったし、父親は知っていてもそれを隆二に教えてくれなかった。今思えば、働き手である隆二が母方の親族を頼って出ていってしまうのを阻止したかったのかもしれない。

祖父の顔を見たとき、母親を連れ去られたときの悔しさが一瞬胸をよぎったが、それ以上に歓喜した。ようやく迎えに来てくれた、母に会える。そう思ったが、祖父母は苦虫を嚙み潰したような顔で、母親は亡くなったと言った。

「親父と一緒に暮らしてたときから体を壊してたらしい。倒れたのも過労だけじゃなくて病状が進行してたからだって。実家に帰ってからずっと闘病してたらしいけど、延命するのが精いっぱいだったらしくて……」

アパートの玄関先で突然母の死を告げられ、呆然と立ち尽くす隆二に祖父は吐き捨てるような口調でこう言った。

「お前はあの男の子供だから、嘘でも可愛いなんて思えない。それでも、死ぬ間際まで娘はお前の名前を呼んでいたから、だから報告にだけ来たんだ」

それだけ言って、祖父はこれ以上この場にいるのも耐えがたいと言いたげにアパートから立ち去ってしまった。

隆二はしばらくその場に立ち尽くし、ゆっくりと背後を振り返る。視線の先にあるのは、足の踏み場もないほどゴミが堆積した狭い部屋だ。父親が飲んだ酒の瓶やパックが散乱したそこは空気がよどんでいて、いつだってアルコールの臭いに満ちている。

この部屋で、息を殺すようにして生きてきた。母親が迎えに来てくれる日を待って、それだけを心の支えにして。

でも、もう母親は戻ってこない。この部屋に留まる必要は何もない。

「気がついたら、家にあった現金をあるだけ引っ掴んでアパートを飛び出してた」

その後の展開は以前春川に話した通りだ。

一通り話し終えて言葉を切ったが、春川からの反応はない。眠ってしまったか。春川の目の上に乗せた掌をそっとどけると、同時に春川が目を開いた。眠たげな顔どころか、熱で朦朧《もうろう》とした表情も鳴りを潜め、春川はまっすぐに隆二を見上げる。

春川は薄く唇を開いたが、言葉が思いつかなかったのか、それとも喉が痛んで声が出なかったのか、無言で唇を引き結んだ。そして自分の肩に隆二の手が乗ったままになっていることに気づくと、そっとその手に自身の手を乗せる。まだ熱が引いていないのか、重ねただけの掌はひどく熱い。

ややあってから、絞り出すような声で春川は言った。

「……偉かったね」

酷く掠れたその声を聞いて、無理に喋るなよ、と笑ってやろうとしたのに、どうしてか喉の奥が痙攣《けいれん》して上手くいかなかった。ごくりと喉を上下させ、無理やり痙攣を抑えて慎重に口を開く。

「家にあった金を持ち逃げして家出したんだぞ。偉くねぇよ」

「そんな状況でずっとお母さんを待っていたんだから、偉いよ。お母さんの言葉を最後まで信じてあげてたんだね。家を飛び出した後もまっとうに働いて、子ども食堂も自腹で続けて」

「子ども食堂は、じいちゃんがやってたことを真似しただけだ。じゃなかったらこんなことしようとも思わなかった。ガキだって好きじゃないし」

子供なんて好きではない。けれど昔の自分と重なってしまうから、放っておけない。

力哉を見ていると腹いっぱい食べさせてやりたくなるし、清正を見ているとせめてこの場所ではゆっくり過ごしてほしくなる。他の子供たちだって明るく振る舞っているその裏で、学校で居場所がないとか、両親が喧嘩中だとか、家族が病気だとか、様々な不安を抱えているのが透けて見える。洗い物をしている隆二のそばにやってきて、ぽつりぽつりと不安を吐露する子供たちに自分は相槌を打つことしかできないけれど、それで少しでも気が晴れるなら、子ども食堂はずっと開けていてやりたいと思ってしまう。

ささやかなことでも、せめて救いになればいい。

幼い頃の自分が、こんな場所があったら、と祈った場所を提供したい。

「でも、子ども食堂の準備をしたのは全部じいちゃんだから。俺は他人のふんどしで相撲を取ってるようなもんで、全然褒められたことじゃない」

「お膳立てされても動けない人間はいるよ。君だって言ってたじゃないか。気づいても何もしない人の方が多いって。自分だって大変な境遇にあるのに、君は他人のために尽くすことができるんだな」

「別に……尽くすとかそんな、大げさなことじゃねぇし……」

大仰な言葉に怯み、こちらの手を握る指の強さにうろたえた。

春川は至って真面目な話をしているのに、好きな相手に触れられれば嫌でも心臓が落ち着かなくなってしまう。春川の手を振り払うこともできなければ気の利いた返事をすることもできず、俯いてうろうろと視線をさまよわせていたら春川の手がするりと離れた。

あ、と惜しむような声が漏れてしまい、慌てて顔を上げたら春川がごろりと寝返りを打つところだった。

急に春川から背を向けられ、隆二の体にざっと冷や汗が浮く。

まさか、春川に手を握られて嬉しいと思ってしまったことがばれたのだろうか。気味が悪いとでも思われたかとおろおろしていたら、春川の肩が大きく上下した。

「君の話を聞いていたら、自分が恥ずかしくなってきた。親に看病してもらえなかったなんて拗《す》ねて、子供みたいだ……」

溜息交じりに呟いて、春川はもそもそと布団に潜り込む。

こちらの恋心がばれてしまったわけではないようだ。安堵の息をつき、隆二は布団の上から春川の体を叩いた。

「別に恥ずかしいことないだろ。子供なんだからほったらかしにされたら拗ねて当然だ」

「今はもう子供じゃない。とっくに大人になったのに、まだ引きずってる」

「なんだよ、喧嘩とかして決着つけてないのか?」

春川が布団から顔を出し、「喧嘩?」と声を裏返らせる。初めて耳にした言葉を復唱するようなたどたどしさに、隆二は小さく噴き出した。

「喧嘩くらいするだろ。普通」

「いや、したことない」

「じゃあしたらいい。子供のころ看病してもらえなかったことに腹立ててんだろ? だったら今からでも喧嘩しろよ。言いたいこと言って一発殴って、そしたらすっきりして今みたいに一人でもやもやすることもなくなるんじゃねぇの？」

「でも……」

「ただ、相手から反撃される可能性もあるから殴り込みに行くときはその覚悟もしていった方がいいぞ。喧嘩慣れしてない奴は最初の一発がなかなか出ないから、それで劣勢になりやすいんだよ。先制パンチの練習しとくか？」

ファイティングポーズをとる隆二を見て、春川は小さく首を横に振った。

「いや、昔の話を持ち出したところで、どうせ父は何も覚えていないだろうから……」

「お、じゃあ積年の恨みを思い出させるところからだな」

隆二は好戦的な笑みを浮かべ、緩く握った拳で宙を殴る。拳が風を切り、春川の前髪をわずかに揺らした。

啞然《あぜん》とした表情で隆二を見ていた春川の唇が小さく歪む。ふ、とそこから吐息のような声が漏れ、春川はごろりと寝返りを打って掠れた声で笑い出した。

「そうか。まずは僕が怒っていることを相手に教えないと喧嘩を始めることもできないのか。相手から謝ってもらうのを待ってるんじゃなくて、まずは僕が相手の胸倉を摑んで、当時の恨みつらみをわからせないといけないんだ」

「そりゃそうだ。黙ってたら怒ってないのかと思われる」

ああ、と春川は息を吐く。

「黙っていい子にしていたら、いつか相手が罪悪感を抱いて謝ってくれるんじゃないか、なんて考えてたけど……そもそも僕は怒っていないと思われてたのかもしれないのか」

なるほどなぁ、と納得したような声を上げ、春川は仰向けになって目を閉じた。それきり口を閉ざしてしまい、室内は唐突な静けさに包まれる。ヒーターと加湿器の音は絶えず耳に届くが、それは雨音に似て室内の静寂を損なわない。

春川は目を閉じたきり動かない。今度こそ眠ってしまったのかと思ったが、どうやら何か考え事をしていたらしい。しばらくして再び薄く目を開いた。

「やっぱり、僕は恵まれていたんだな」

前後の会話と、「やっぱり」という言葉がつながらず隆二は首を傾げる。

「なんだよ、子供が風邪引いてんのに放っておく家族に怒ってたんじゃないのか?」

「怒ってた。酷い家だと思ってた。父親は仕事しか眼中になくて、母親は若い男に夢中で、いつも家には僕一人で、家族と話をする機会なんてほとんどなかった。誕生会とかクリスマスパーティーを家族で開いてる同級生と自分を比較しては、どうして自分だけって落ち込んだものだけど……やっぱり、僕は恵まれてた」

一言一言、噛みしめるように春川は言う。

「家の中は使用人がいつも整えてくれて、家庭教師もつけてもらって、十分勉強に集中するだけの環境が用意されてた。僕がここまで順調にきたのは僕自身が努力してきたからだと思ってたけど、それ以前に、努力できる環境が与えられていたからなんだな」

それは以前、隆二も思ったことだった。

何かやり遂げようと思ったら、本人の能力や才能以上に、集中する時間と場所と資金が必要になる。わかりやすく言えば、どんなに頭がよくても学費を捻出できなければ進学することすらできないのだ。努力だけで何もかも解決できるほど世の中は甘くない。

「僕だって、実家が裕福だって自覚はあった。お金があるのは恵まれてることだともわかってたつもりだ。でも、普段つき合っているのはみんな自分と同じような生活水準の人間ばかりで……だから僕は、自分がどれほど恵まれているのかよく理解できていなかったのかもしれない」

春川は隆二を見て、恥じ入るように目を伏せた。隆二の昔の話を聞いて、生活に困窮するというのがどういうことか具体的に想像できたのかもしれない。

春川に申し訳なさそうな顔をさせるのも違う気がして、隆二は肩を竦める。

「別にいいんじゃねぇの。あんたにはあんたの苦しさがあって、それは他人と比較するもんじゃないだろ。上を見ても下を見てもきりなんてないんだから、自分の足元だけ見てりゃいいんだよ。そうやって進む方向を決めればいい」

「隆二君は僕よりずっと年下なのに達観してるね」

「まあ、全部じいちゃんの受け売りだから」

なんだ、と春川は笑って、「でも、いい言葉だ」と言い添えた。

「……僕も、そろそろ進む方向を考えないといけないんだろうな」

ごく小さな声で呟かれた言葉に不意打ちをくらい、隆二は体を強張らせる。

進む方向を考えて、春川はどこへ行こうとしているのだろう。少なくとも、ここから出ていくつもりなのは間違いない。

春川がこちらを向く。いよいよここを去ると告げるつもりだろうか。固唾《かたず》を飲んで見守ったが、春川の口から出てきたのは隆二が恐れていたような言葉ではなかった。

「隆二君、そろそろ部屋で休んだら？」

緊迫感のない言葉に、隆二は肩透かしを食らった気分で「へ」と間の抜けた返事をする。

対する春川は真剣な表情だ。

「昨日だって夜遅くまで僕のそばについていてくれただろう？　今日は早く休んだ方がいい。無理をすると君まで倒れるよ」

「いや、俺は、体だけは丈夫だから」

「自分を過信するのはよくない。今は若いから回復も早いだろうけど、無理をすると年を取ってからガタが来るんだ。年上の言うことは聞きなさい」

自分だってまだ熱が下がっておらず、声も掠れて苦しそうなのに春川は優しく笑う。

でも、と隆二は口の中で反論した。

（あんた、いつまでここにいてくれるかわかんないだろ？）

だったら少しでも長く一緒にいたい。それが偽らざる隆二の本心だ。

春川の枕元に座り込んで動けずにいると、「どうしたの」と声をかけられた。

なんとかここにいる口実が欲しくて、隆二は悩んだ末に言葉をひねり出した。

「……俺が部屋に戻ったら、春川さんが、淋しいんじゃないかと」

口にしてから、自分で恥ずかしくなった。あまりに苦しい言い訳だ。

そんなことないよ、と苦笑されて終わりかと思ったが、なぜか春川は笑いもせず、真顔で隆二を見詰めてきた。

「君は敏《さと》いな。他人の淋しさがわかってしまうんだから」

マジか、と呟いてしまいそうになり、慌てて口を引き結ぶ。口から出まかせだったのに、
春川は自嘲気味に笑って目を伏せた。

「風邪をひくと、夜中に何度も目を覚ますんだ。そういうとき、誰かがそばにいてくれたらっていつも思ってた」

「そ、それなら……俺、こっちに布団持ってくる」

春川に止められる前に慌ただしく立ち上がって部屋を出た。もう長くは春川と一緒にいられないかもしれないという焦りに突き動かされ、隣の部屋から布団を持ち込む。

春川が机やハンガーラックを買い揃えたおかげで六畳間はかなり手狭になっていたが、

隆二は無理やり春川の隣に布団を並べて敷いた。

「夜中に目が覚めたら俺のこと起こせ。水でもなんでも持ってきてやる」

自分の布団の上で胡坐をかいて、隆二は春川の顔を覗き込む。仏頂面はただの照れ隠しだ。春川もすぐそれに気づいたようで「ありがとう」と目を細めた。

早々に寝支度を済ませ、隆二も布団に潜り込む。豆電球だけ残して明かりを消すと、室内が暗い橙《だいだいいろ》色の光に満たされた。仰向けのままちらりと横を向くと、隣に横たわる春川も同じ体勢で首だけ巡らせこちらを見ていてどきりとした。

「こんなふうに誰かと一緒に眠るなんて、修学旅行の夜みたいだ」

暗がりに響いた春川の声は楽しげだ。だいぶ体調は回復しているらしい。

「髪は乾かした？」

ひそひそと囁《ささや》かれ、隆二は肩まで布団を引き上げる。

「乾かした。前にあんたに言われたから……」

「偉いね。その素直さは君の美徳だな。ちゃんと根元まで乾いてる？」

ふいに春川の手が伸びてきて、隆二の髪に触れた。

洗いたてのパジャマの袖から甘い匂いがして動けなくなる。ただの柔軟剤の匂いだ。自分だって同じ柔軟剤で服を洗っているのに、春川の体から漂ってくるそれにどぎまぎしてしまって鼻の下をこする。

「ちょっと湿ってるね？」

微かに笑って春川が手を引き、隆二は詰めていた息と一緒に声を出した。

「……ほとんど乾いてる」

「きちんと乾かさないと寝癖がつくよ。風邪も引く」

「そう言って、ちゃんと乾かしてるあんたが風邪ひいてんだから世話ないな」

「それを言われると耳が痛い」

「いいから、もう寝ろよ。また熱がぶり返すぞ。それとも眠れないのか？」

春川は寝返りを打って隆二の方を向くと「眠い」と言った。

「だったら寝ろよ……」

「眠るのが惜しいんだ。こんな夜は初めてだから」

隆二は仰向けのまま、首だけ巡らせて春川を見る。春川は穏やかな顔でこちらを見ていて、俺も、という言葉が口から漏れそうになった。

春川は加湿器の音に紛れてしまうくらい小さな声で隆二を呼ぶ。

「君にはさんざん格好悪いところを見せたから、最後にもう一つ、我儘を言ってもいいかな」

なんだよ、と、隆二も小さな声で答える。

春川は布団の中から片手を出すと、照れくさそうな顔でこう言った。

「手をつないでいてくれないか」

隆二は差し出された春川の手を見て、もう一度春川の顔に目を向ける。浮かべた笑みを苦笑に変えた春川が、駄目かな、と手を引こうとするので慌ててその手を捕まえた。

乾いて熱い掌だった。指先が絡まった途端、強く握り返されて息が止まりそうになる。部屋に豆電球しかついていなくてよかった。顔が赤くなってもばれずに済む。

「このまま眠ってもいい？」

「す、好きにしろよ……」

「僕が先に眠ったら、すぐ手をほどいてくれていいからね」

隆二は少し考えてから、自分も春川の手を握り返した。

「……しねぇよ、そんなこと」

春川は目を細め、親指でそっと隆二の手の甲を撫でる。

「ありがとう。こんな夜に、君が隣にいてくれてよかった」

「大げさなこと言うな、恥ずかしい」

「恥ずかしがっても手を離さないでいてくれる君が好きだよ」

好き、という言葉に心臓が跳ねたが、緩く笑みを浮かべた春川が眠たげな瞬きをしているのを見て、いつもの軽口かと思い直した。動揺したことがばれないように、どうも、と無愛想に応える。

春川は隆二の反応を気にする様子もなく、繰り返し隆二の手の甲を指先で撫でた。

「この先熱を出して寝込んでも、子供の頃に感じた悔しさを思い出すことはないと思う。君に看病してもらったことだけ思い出して、ゆっくり眠れそうだ。ようやく子供の頃の自分が満足してくれた気分だ。君のおかげで」

ありがとう、と呟く春川の声が加湿器の音に溶けていく。

春川の指先からゆっくりと力が抜けて、ほどなく瞼も完全に落ちた。すっかり眠りに落ちた春川の寝顔を眺め、俺こそ、と隆二は声に出さずに呟いた。

(俺こそ満足だ。好きな相手と、こんなふうに手をつなげるなんて)

小学生の頃、クラスメイトが誰を好きとか嫌いとか言っているとき、自分は給食の残りのパンをどうにかくすねられないかと必死だったし、バイト先の先輩たちが恋人の話をしているときも、帰る前に父親の酒を買わなければと憂鬱な気分でろくに会話に参加できなかった。

自分の人生に、恋なんてしている余裕はないと思っていた。

自分の恋愛対象が男性だと理解してからますます恋愛は困難なものになって、半ばあきらめの境地に至った。好きだと思う相手が現れたとしても、相手が自分を振り返ることなど決してないのだから。

そう思っていたが、春川は隆二に優しい眼差しを向けてくれた。そこに恋愛感情など含

まれていなくても、蔑まれないだけで嬉しかった。

ましてやこんなふうに手をつなげるなんて。

（……俺も、眠るのがもったいない）

春川が眠っても、隆二はその手を離さない。きっとこんな夜は二度とこない。

そのことがわかっているから、隆二は寝る間すら惜しんで春川の寝顔を見詰め続けた。


互いに手をつないで眠った翌朝、春川の熱は微熱まで下がっていた。

また夜になったら熱が上がるかもしれないと思ったが、幸い熱がぶり返すこともなく、その晩はアルバイトから帰ってきた隆二に煮込みうどんを作ってくれるまでに春川は回復した。

翌日の子ども食堂には手伝いにも入ってくれた。無理はするなと言っておいたが、本人曰《いわ》く至って調子はいいらしい。

いつものように配膳をこなして子供たちと食事をしていた春川だったが、いつもと少し違ったのは、清正に声をかけてその勉強を見ていたことだ。

急に春川から声をかけられた清正は最初こそ戸惑った顔をしていたが、しばらくすると真剣な顔で春川の解説に耳を傾け始め、最後は自らあれこれ春川に質問をぶつけていた。

どうも少し前から勉強に行き詰まっていたらしい。勉強などからっきしな隆二にはできないフォローだと感心した。

しばらくすると春川は、小上がりにいた力哉にも声をかけた。何をするのかと思えば、店の奥から爪切りを持ってきて、ぱちぱちとその爪を切り始めた。力哉の爪を切ってやる暇もない親に代わり、爪の切り方を教えているようだ。

「力哉君、二年生だっけ？　まだ爪切りを使うのは危ないかな。でも、爪切りのこの部分、爪とぎだったら使えるかもよ。これで爪をこすると……ね、爪が短くなった。髪も梳《と》かしたほうがいいな。寝癖がついてる。ほら、こっちの方が男前だ」

意味がわからなかったのか、「おとこまえ？」と力哉はくすくす笑っている。

「朝は顔も洗って……難しいかな？　タオルを濡らして顔を拭くだけでもいいよ。洗濯機の使い方はわかるかな。お手伝いできたらお母さんも喜ぶかもしれない」

他の子供たちのはしゃぐ声に交じって、春川の優しい声がカウンターの内側にも届く。児童相談所や警察に連絡するべきだ、と断固とした口調で訴えたときとはまるで違う声だった。子供たちに対して何ができるか、春川なりに考えたのだろう。

そのうち小上がりの座卓に他の子供たちも集まって、ノートや筆箱を取り出した。

食事の後、春川と子供たちがああして座卓に集まるようになったのはいつからだろう。

今日は珍しく清正も小上がりにやってきて、みんなと一緒に何か書き物をしていた。

夜の八時を過ぎ、隆二は力哉と清正を連れて店を出る。いつもは特に会話もないのだが、今日は力哉が爪の短くなった両手を空に向け、「僕、お母さんのお手伝いするんだ」と弾んだ声でお喋りをしてくれた。

「そっか。頑張れよ。でも台所に入って火とか使うなよ、危ないから。水を出すときも気をつけろ。うっかり下の階に浸水したら大変だぞ」

「僕の家、アパートの一階だから大丈夫だよ」

「じゃあ床がびしょびしょにならないようにな。清正も勉強追い込みだろ。大丈夫か？」

「うん。春川さんが教えてくれたから、ちょっと解き方のコツが掴めた」

いつもは張り詰めたような顔をしている清正も、今日は少しだけ表情が柔らかい。春川なりに、子供たちの背中を押してくれたようだ。

二人と別れた後、隆二はすぐに踵を返して店に戻った。

ついさっきまで一緒にいたのに、もう春川の顔が見たい。

胸が逸《はや》る。同時に不安も覚える。春川はまだ店にいるだろうか。

慌ただしく店の引き戸を開けると、店内からふわっと温かな空気が噴き出してきた。先程まで子供たちが食べていた食事の匂いが店の外まで流れてくる。

春川はカウンター席に座っていて、隆二を見ると「お帰り」と目を細めた。

「ただいま」とごく当たり前に口にして、このやりとりをあと何回できるのだろうと思ったら胸が苦しくなった。

春川は立ち上がると、隆二を手招きして隣の席の椅子を引いた。

「どうぞ、座って。今日もお疲れさま」

カウンターにはすでに湯呑が二つ用意されていた。改まった場を用意されたようで怯んだが、隆二は礼を言って椅子に腰かけ、俯き気味に湯呑に口をつける。

一口、二口。三口目を飲んだところで、隣に座っていた春川がようやく口を開いた。

「ここ数日考えていたんだけど、そろそろこの店を出ていこうと思うんだ」

湯呑に唇をつけたまま、隆二はぴたりと動きを止める。息が止まったのは一瞬で、すぐに唇からゆるゆると吐息が漏れて緑茶の面にさざ波が立った。

そろそろ春川がそんなことを言いだすのではないかという予感はあったし、覚悟もしていた。思ったよりも早かったな、と思いながら、隆二は無言で緑茶をすする。

「君に看病してもらったとき、しみじみ思ったんだ。早くこの状況から脱するべきだって。状況というか、関係って言った方がいいかな。君と僕のというか、僕と店のというか」

なるべく冷静に話を聞こうとしたが、やはり動揺しているのか上手く春川の言葉が入ってこない。春川の言い回しもなんだか回りくどい気がする。

「……とりあえず居候はやめようって話か？」

「それもあるし、この店への支援の仕方を考え直したい。僕個人が支援を続けることも可能だけど、会社ぐるみでこの店を支えられないかと思ってる」

「会社って、あんた実家に帰るつもりか？」

「そうすればこの店だけじゃなく、地域の子ども食堂も支援できるんじゃないかと思って」

いきなり話が大きくなって、隆二は啞然とした顔でカウンターに湯吞を置く。

「この店を存続させるために僕個人が全額負担することだってできるけど、一時的に手を差し伸べるだけじゃ根本的な解決にならない。この先も子ども食堂を続けていくために何が必要なのか、考えてみたんだ」

そう言って、春川は遠くを見るような顔をした。今日や明日を乗り切るだけで精いっぱいな隆二には見ることも叶《かな》わない、ずっと先の未来を見ているのだろう。やっぱりこの人は自分と違う世界で生きているのだと思い知り、隆二は力なく呟いた。

「……何も、あんたがそこまでしなくても」

正面を見据えていた春川がゆっくりとこちらを向く。

「君の役に立ちたい。好きな人の役に立ちたいんだ」

春川の手が伸びてきて、カウンターの上に置かれた隆二の手を摑んだ。

数日前まで寝込んでいたのが嘘のように、春川はすっかり回復してもう熱もない。それなのに、隆二の手を摑む指先はひどく熱く感じて息を吞んだ。

絶句する隆二を見て、春川は困ったような顔で笑う。

「好きな人のために僕が勝手にすることだ。君は気にしないで」

覚えのあるセリフに、なんだ、と隆二は詰めていた息を吐いた。またこちらに気を遣わせないための冗談か。

「いい加減、その冗談も聞き飽きた……」

冗談だとわかっていても心臓に悪いし、なんだか虚《むな》しくなる。だからもう言うな、と続けようとしたのに、前より強く春川に手を握られて声が引っ込んだ。

「冗談じゃないよ」

こちらを見る春川はもう笑っていなかった。真剣なその顔を見たら、また心臓が落ち着かなくなる。

（……ただの冗談、だよな？）

春川が一向に目を逸らそうとしないので、そんな疑問まで頭を掠めてしまう。

もちろん冗談に決まっている。だが、それにしては春川の表情が真剣すぎないだろうか。しつこいくらい繰り返される言葉には、少しは真実も混じっているのではないか。そんなことを考えてしまって恥ずかしくなる。春川のような男が自分のことをそんな目で見るわけがない。甘い夢を見そうになる自分に嫌気が差した。

唇を嚙んだ隆二に、春川はまっすぐな視線を注ぐ。

「隆二君、このままじゃ僕は――……」

春川が言い終わらぬうちに、店の引き戸がガラガラとけたたましい音を立てて開かれた。

隆二は肩を跳ね上げ、あたふたと椅子から立ち上がる。子供が忘れ物でもして戻ってきたかと思ったが、戸口に立っていたのは中年の男女二人だった。

「す、すみません。今、店は開けてなくて……」

食堂が休業中であることを知らずに入ってきた客かと思ったが、二人は隆二の言葉に耳も貸さずズカズカとカウンターまでやって来た。

「あんたら、どちら様？」

四十がらみの男性が、隆二たちを訝しげに見遣って口を開く。隆二がそれに答えるより早く、隣にいた女性が男性を押しのけるようにして非難の声を上げた。

「そうよ、人のおじいちゃんの店で勝手に何やってんの？」

瞬間、隆二の顔がさっと強張った。息を呑んだら空気の膜が喉に張りついたようになって、声を上げるどころか息を吐くことさえ覚束《おぼつか》なくなる。

「あ、の、俺は……この店で、バイトをしていて……」

「バイトがどうしてここにいるの？　おじいちゃんが入院して店は閉めてるんでしょ？」

口早にまくし立てる女性と、青白い顔をする隆二を見て、春川も静かに席を立った。

「失礼ですが、あなた方は？」

春川の堂々とした物腰か、あるいはその美貌のどちらに怯んだのかはわからないが、女性が一歩後ろに下がる。代わりにそばにいた男性が声を上げた。

「俺たちはこの食堂やってるじいさんの孫だよ。中井哲也《てつや》と、こっちが芙美子《ふみこ》」

「……孫？」

春川が大きく目を見開く。その隣で、隆二は震えそうになる膝を必死で押さえ込んだ。みぞおちを強く押されたときのような苦しさに呻きそうになる。とうとうこのときが来てしまった。逃げ出したくなったがなんとかその場に踏みとどまれたのは、困惑した顔でこちらを見る春川がそばにいたからだ。

「それで、あんたらはどちら様？」

胡散臭そうな顔で再度哲也に尋ねられ、隆二はごくりと唾を飲んでから口を開いた。

「俺は、ここでバイトをしています、金堂《かなどう》隆二、です」

目の端で、春川が愕然と目を見開いたのがわかる。当然だ。これまで隆二は春川の前で、中井隆二と名乗っていたのだから。

「アルバイトならとっとと出ていってちょうだい。悪いけどもう仕事はないわよ。店はこのまま閉めるんだから」

店内をじろじろと見回しながら芙美子が言う。隆二はその言葉に弾かれたように顔を上げ、春川の顔色を窺うのも忘れて芙美子に詰め寄った。

「この店、閉めるんですか？　でも、じいちゃん、いえ、店長が戻ってないのに……」

「戻ってくるわけないじゃない。入院してだいぶ経つのにまだ意識も戻らないんでしょ？　無駄に空き家にしておいてももったいないし、早いところ売り払わないと」

「そんな、勝手に……」

芙美子はむっとしたような顔で「私たちが正当な相続人なんだから文句ないでしょう」と言い放つ。

「……お二人はご兄妹《きょうだい》ですか？　ご両親は？」

春川が後ろから控えめに口を挟んできた。隆二に対しては居丈高に振る舞う芙美子だが、どうも春川の顔には弱いらしく、「兄さん」と哲也を前に押し出した。

「ああ、兄妹だ。両親はもう亡くなってるし、他に親戚もない。なんだよ、俺たちが相続人だってこと疑ってんのか？　そもそもあんたら、なんでここにいるんだ？」

ぎくりと体を強張らせた隆二の傍らを芙美子がすり抜け、カウンターの中を覗き込む。

「なんかさっきまで料理でもしてたみたいだけど、まさかおじいちゃんがいない間、勝手にこの店使ってたの？　やだ、不法侵入じゃない！」

違う、と言おうとしたのに舌が強張る。本当に違うと言っていいのか自分でもわからない。足元がぐらついてよろけそうになったそのとき、背中に春川の手が添えられた。

「違います。彼は不法侵入をしたわけではなく、この店の住み込み従業員です」

確信を込めた口調で、春川は芙美子や哲也から目を逸らすことなく言い切った。

たわみかけていた背中を春川の手が押す。

それは事実だ。それだけは事実だったと、隆二も小さく頷いた。

芙美子は鼻から小さく息を吐き、肩まで伸ばした髪を耳にかけた。

「だとしても、店が営業してないのにアルバイトがここにいるのはおかしいでしょう。仕事なんてないんだから」

「通常営業はお休みしていましたが、子ども食堂はずっと続けていましたから」

春川の言葉に力を得て、隆二も先程より大きく頷く。

「そうです……！　店長が帰ってくるまで、せめて子供たちにだけでも飯を食わせてやりたくて……。店長だって病院に運ばれる前、俺にそう言ってくれたんです！」

芙美子と哲也は顔を見合わせ、何それ、と顔を顰《しか》めた。

「なんなのその、子ども食堂って？　まさかお金もらってないの？　信じられない。おじいちゃん、そんなボランティアみたいなことやってたわけ？」

二人は揃って疑わしげな顔だ。特に哲也は納得がいかない様子で、じろじろと隆二の顔を覗き込んでくる。

「お前ら、本当はじいちゃんがいない間もここで食堂やってたんじゃないか？　その売り上げをちょろまかしてんじゃないだろうな？」

「違います、本当に……！」

「じゃあ証拠は？　どうせ『無料でやってたから領収書はない』とか言うつもりだろ？　だったら本当に子ども食堂なんてもんをやってたかどうかわからないだろう」

哲也の言う通り、子ども食堂では領収書のやり取りなど一切していない。名簿の類もなく、子供たちがこの店に通っていたことを証明する物証はない。あるとすれば子供たちの証言くらいのものだが、この疑い深い兄妹が子供たちの言い分をすんなり信じてくれるかどうかは甚だ疑問だ。

口ごもる隆二に代わって答えたのは、やはり春川だった。

「証拠ならあります。準備がありますので今すぐお見せすることはできませんが、明日までにはご用意できます。それから……少々お待ちいただけますか」

春川はカウンターの中に入ると階段を駆け上がり、名刺入れを手に戻ってきた。

「改めまして、春川と申します。不法侵入をしていたのは彼ではなく、私です」

哲也が胡散臭そうな顔で春川の名刺を受け取る。横から芙美子も名刺を覗き込み、二人して同時に息を呑んだ。名刺に書かれた文字に目が釘づけになっているようだ。

「春川コーポレーションって……あの？　あの春川……？」

「貴方《あなた》、春川さんっていうの？　じゃあ、もしかして……」

「父は春川コーポレーションの代表取締役を務めております」

圧倒されたように後ろへ下がった哲也たちを見て、隆二は初めて春川の会社の大きさを実感した。

「少々事情がありまして、しばらくこの食堂で生活させてもらっていました。これに関しては後日、相応の迷惑料をお支払いさせていただきます」

迷惑料と聞いた途端、芙美子と哲也の顔つきが変わった。

一瞬の沈黙を破るように咳払いをした芙美子が、気取った物言いで春川に尋ねる。

「まあ、ご事情があったのなら仕方ありませんわね。それで、迷惑料というと、おいくらくらい……？」

「きちんと計算いたします。ご納得いただけなければ何度でも再計算します」

つまりは二人の言い値を払うと言ったも同然だ。隠しようもなく口元を緩ませる二人の前で、春川は殊勝にもう一度頭を下げた。

「もう夜も遅い時間ですし、明日またゆっくりお話をしましょう。ここで子ども食堂を続けていた証拠も、明日までにご用意いたしますので」

「……そ、そういうことでしたら」

「ありがとうございます。諸々《もろもろ》準備もありますし、厚かましいお願いではありますが、もう一晩だけ私もこちらに泊めていただいてよろしいでしょうか？」

春川の申し出に哲也は渋るような顔をしたが、その横から芙美子が「どうぞ！」と返事をした。哲也の脇腹を小突いて、「一日でも長くここにいさせた方が迷惑料も吊り上げられるでしょう」と小声でまくし立てている。最後は哲也を引きずるようにして外へ出し、「ではまた明日」と笑顔すら浮かべて帰っていった。

二人が店を出ていくと、耳が詰まるほどの静寂に店内が支配された。

隆二は春川の背中を見て、体の脇で両手を握る。自分の心臓の音がやけに耳について、鼓動が全身に響くようだ。ごくりと唾を飲んだら、ゆっくりと春川が振り返った。

「金堂、隆二君?」

明かしたばかりの本名を呼ばれ、隆二はびくりと肩を震わせる。こちらを向いた春川の顔からはすでに困惑の色が消え、静かな表情しか浮かんでいない。

「君は、この食堂の店長のお孫さんじゃなかったんだね?」

尋ねる声に責めるような響きはない。そんなことにホッとして、すぐ自己嫌悪に襲われた。春川がどんな態度をとったって、自分が春川を騙していた事実は変わらないのに。

隆二は覚悟を決め、低い声で答えた。

「孫じゃない。俺とじいちゃんは、赤の他人だ」

春川は隆二の顔をしっかりと見詰め返し、わかった、と頷いた。

「ゆっくり話を聞かせてほしい。ここに座って」

カウンター席に腰を落ち着けた春川に倣い、隆二もその隣に腰を下ろす。

できるなら、春川には嘘をついていたことがばれないうちに別れたかったが、潮時だ。最後にすべて打ち明けよう。

すっかり冷たくなった緑茶で喉を潤して、隆二はぽつぽつとこれまでの経緯を語った。

道信が営むこの店に隆二がやって来たのは八月の終わり頃。もう三ヶ月以上前のことだ。住んでいた社員寮から焼け出された隆二は、行く当てもなくふらふらと商店街をさまよっていた。そこでたまたま見かけたのがこの食堂で開催されていた子ども食堂だ。

ボランティアが公園で行っている炊き出しと子ども食堂を混同していた隆二は、無料で食事が食べられるのだと勘違いして食堂に足を踏み入れた。

ところが、いざ食事を終えて席を立とうとしたら、カウンターの中にいた道信に大人は三百円だと言われた。慌ててズボンのポケットを探ってみたが、十円と一円が数枚出てきただけで支払えない。無銭飲食で通報されてしまうのかと青ざめる隆二を見て、道信はしかめっ面で「金がないなら労働で支払え」と言ってくれた。

道信に言われるまま、隆二は黙々とカウンターの中で食器を洗った。作業の合間、道信に「いい若いもんが金も持たず、なんでこんなところで飯食ってんだ」と尋ねられ、社員寮から焼け出されたことを告げた。なんでそんなところで働いてたんだ、なんで家出なんかした、と道信の質問はどんどん過去にさかのぼり、店が終わる頃には隆二は自分の幼少期の話まで洗いざらい道信に打ち明けていた。

「行くところがないなら、ここで住み込みで働いたらどうだ」

店を閉めた後、道信は隆二にそう持ちかけてくれた。今日の寝床すら確保できず公園で寝起きしていた隆二には願ってもない話で、一も二もなく飛びついた。ありがたくて涙ぐむ隆二に、道信は「お前だってまだ子供なんだから、もうちょっと大人を頼れ」とも言ってくれた。

食堂の二階で居候を始めた隆二を、道信は商店街の人たちに「俺の孫だ」と紹介した。なぜそんな嘘をつくのだろうと思ったら、どうも過去にこの食堂でひと悶着《もんちゃく》あったらしい。

「これまでも何人かお前みたいなガキを住み込みで働かせたことがあったんだよ。その中の一人が、うちの店の金を持ち逃げした。今年の春の話だな。それ以来、商店街の連中は俺が住み込みのバイトを雇うのを警戒するようになったんだ。『また騙されたらどうするんだ』なんて言ってな。やだねぇ、人を年寄り扱いして。でも孫って言っときゃ、さすがにあいつらも黙るだろ」

隆二を孫だと紹介された商店街の面々は、大っぴらに隆二に出ていくよう迫ることこそしなかったが、道信の言葉を信じていたわけでもなさそうだった。どちらかというと、道信の顔を立てて納得したふりをしたと言った方が近い。

そんな中でも商店街会長の青柳は、最初から隆二に強い不信感を持っていた。聞くところによると、道信の店の金を持ち逃げしたという青年を、青柳も親身になってサポートしていたらしい。それを裏切られた形になって、二度と同じ目に遭うまいと警戒していたようだ。他の商店街の人たちも、多かれ少なかれ青柳と同じような感情を抱いて隆二を見ていたのだろう。

「――だから君、商店街の人たちとあまり関わらないようにしていたのか」

春川が腑《ふ》に落ちたような顔で呟く。隆二は頷いて、もうほとんど中身が残っていない湯呑を握りしめた。

「俺、あんまり人と話すの上手くなくて、相手に嫌な顔されること多いから。せっかくじいちゃんが嘘までついて俺を店に置いてくれてるのに、これ以上商店街の人たちに悪い印象持ってほしくなかったし」

そんな矢先、道信がバイクと接触事故を起こした。

たまたま現場の近くにいた八百屋の主人が食堂に転がり込んできて、慌てて隆二が現場に駆けつけると道信が救急車に運び込まれるところだった。

そのときはまだ道信も意識があって、隆二に向かってしっかりとした口調で「隆二、子ども食堂を頼む」と言った。折しもその日は、子ども食堂が開かれる木曜日だったのだ。

何も知らず食堂に集まった子供たちに事情を話し、帰ってもらうのは簡単だ。「なーんだ」とつまらなそうに言って去っていく者が大半だろう。

だが、中には力哉や清正のように抜き差しならない事情で子ども食堂に通っている子供もいる。そんな子供たちに縋《すが》りつくような目で見詰められては捨て置けず、隆二は一人で子ども食堂を続けていくことを決意したのだ。

「商店街の人たちからは何も言われなかったの？」

春川に尋ねられ、隆二は唇の端に苦い笑みを浮かべる。

「言われた。じいちゃんもいないのに、他人が勝手に店を続ける気かって。特に青柳さんは今すぐ出てけってすごい剣幕だったけど、『俺は他人じゃなく、じいちゃんの孫です』って言い張って、無理やり子ども食堂続けてた」

それが事実でないことくらい、商店街の人たちはみんなわかっていた。それでも見逃してくれていたのは、子ども食堂の必要性もまた理解していたからだろう。

だが、事ここに来て道信の本物の孫が現れてしまった。

道信が入院した後、道信の家族に青柳から連絡を入れているという話は隆二も聞き及んでいた。しかしまったく返事が来ないというし、このまま音信不通になるのかと思っていたのだが、今になって彼らはやって来た。この店を売り払うために。

長い昔語りを終え、隆二は息継ぎするように溜息をついた。それから春川の方に体を向け、深々と頭を下げる。

「春川さんにもずっと嘘をついていて、すみませんでした」

どんな事情があろうと嘘は嘘だ。春川の表情を見るのが怖くてなかなか伏せた顔を上げられずにいると、肩にそっと手が添えられた。

「孫のふりをしていたのは、中井さん自身がそう望んだからだろう？　だったら君が心苦しく思う必要はないよ。商店街の人たちの手前、僕に本当のことを言えなかったのもわかる。でも……」

肩から春川の手が離れ、隆二はぎくしゃくと体を起こす。

「そういう事情なら、できればもう少し僕を頼ってほしかった。そうしたら違う支援の仕方もできたかもしれない。本当のことを知ったとしても、僕は君のことを責めることなんてしなかったのに」

春川は唇に微かな笑みを浮かべ、ほんの少し眉を下げた。

「そう信じてもらえなかったのは、少し淋しいな」

消沈した春川の顔を見たら、急速に申し訳なさがこみ上げてきた。

春川を信じられなかったわけではない。自分という人間が、春川に信じてもらえるほど立派な存在とは思えなかっただけだ。

感情のもつれをどんなふうに説明すればいいのかわからず、「すみませんでした」と頭を下げることしか隆二にはできない。

「──まずは明日をどうにかしないとね」

気持ちを切り替えるように、ことさら明るい声で春川が言う。

隆二も顔を上げ、不安な顔を隠すこともできず春川に尋ねた。

「子ども食堂をやってた証拠を見せるってあの人たちに言ってたけど、そんなもん本当に用意できるのか？」

「うん。明日の朝には準備できるだろうから大丈夫」

一体何を準備するつもりだろうとは思ったが、隆二にはもう一つ気になることがあった。

「あと、迷惑料とか言ってたけど……本当にあの人たちに払うつもりか？」

「払うよ。不法侵入したことは事実だし」

「じいちゃんがいない間に店を売り払っちまおうってくらいがめつい人たちだぞ。いくらむしり取られるかわかんねぇのに……」

「ブラックカードで支払えないくらいの額を請求されたらさすがに考えようか」

ブラックカードの上限額は知らないが、一般人にいくら吹っかけられたところで痛くも痒くもないということだろう。春川は気負いもなく笑って椅子から腰を上げる。

「さあ、明日に備えて今日はゆっくり休もう。後片づけは僕がやっておくから、隆二君は先にお風呂に入っておいでよ」

「いや、あんたこそ病み上がりなんだから、片づけは俺が……」

いいから、と春川が隆二の背中を押す。

「やらせてよ。僕がここにいられるのも、きっと今夜で最後だろうから」

春川の口調は軽い。けれどその言葉を耳にした隆二は、春川に手を添えられた背中から心臓に向かって、ざっくりと深く刃物を突き立てられたような気分になる。

そうだ。今夜で最後だ。春川だけでなく、自分だってもうここにはいられない。

この店を出たら、もう二度と春川と顔を合わせることもないのだろう。

隆二はよろよろと椅子から立ち上がると、春川と目も合わせぬまま小さく会釈をして二階へ上がった。

「おやすみ、隆二君」

最後の夜にもかかわらず、いつもと変わらぬ穏やかな声で春川は言う。隆二は足を止め、振り返らずに小さく頷くことで返事とした。

ここにいられなくなることも、もう互いに会えなくなることも、春川にとっては大したことではないのだろう。自覚した途端声も出なくなるくらいこの時間を惜しんでいるのは自分だけだ。

そう思ったら鼻の奥がつんと痛んで、隆二は息を止めたまま階段を駆け上がった。

明日また来る、と言い残して店を去っていった芙美子と哲也は、翌日の朝八時ぴったりに食堂へ現れた。

二人が何時頃やって来るかきちんと確認していなかったため、隆二も朝からそわそわと食堂で待機していたのだが、想像よりずっと早い到着にうろたえた。

兄の哲也を押しのけるようにして店内に入ってきた芙美子は、その場に隆二しかいないと見るや眉を吊り上げた。

「春川さんは？　二階にいるの？」

「い、いえ……。春川さんは、朝からちょっと出かけていて」

隆二の返答に、芙美子だけでなく哲也まで顔色を変えた。

「どういうことだ、あの人が迷惑料を払うって言うから一晩見逃してやったんだぞ。それなのに、まさかお前、あの人を逃がしたのか？」

「いえ、違います、すぐ帰ってくるはずです。本人もそう言って――」

「そんなもん信じられるか！」

大股で詰め寄ってきた哲也に怒鳴りつけられ、隆二は唇を引き結ぶ。

春川が店を出ていったのは一時間も前のことだ。早朝からどこに行くのだろうとは思ったが、春川は「すぐ戻るから」と慌ただしく店を出ていってしまって詳しく行き先を尋ねることもできなかった。

春川に限って逃げ出すとは考えられない。隆二はそう確信できるが、芙美子と哲也は違う。春川に逃げられたのだと思い込んで、怒りで顔を赤く染めている。

「だから昨日のうちにいくらか金を払ってもらえばよかったんだ！」

「小分けにもらうとケチがつくかもしれないじゃない！　もらうならまとまった額をいっぺんにもらった方がいいに決まってる！」

「そもそもこのガキがあの人を逃がしたりするから……！」

哲也の矛先がこちらに向いた。赤く血走った目で隆二を睨み、力任せに隆二の胸倉を摑む。

「お前がここにいた間の滞在費を支払え！　お前の分とあの人の分、二人分だぞ！」

「この子が出せる金額なんて期待できないわよ」

「消費者金融にでもなんでも行かせて上限いっぱいまで借金させればいいだろう」

哲也のがなり声より、借金という言葉に身が竦んだ。

子供の頃、よく家に借金取りが押しかけてきた。そのときばかりは隆二の父親も大人しくなって、二人で家の中で息を殺していたものだ。

玄関のドアを蹴り壊されるのではないかという騒音と怒声、うっかり家の前で鉢合わせて殴られそうになったあの恐怖を思い出し、隆二の顔から血の気が引く。

膝が震える。春川はまだ戻らない。そもそも本当に戻ってくるだろうか。希望のようなものがへし折られて、その場に膝をついてしまいそうになる。だが、うずくまったところで誰も助けてはくれない。自分でどうにかしなければ。

（大丈夫だ、今までだってどうにかしてきた。どうにでもなる）

しかしどうにかなったとして、それは人間らしい生活からかけ離れたものだ。

無意識に、道信や春川の顔を思い出してしまった。ここでの生活が安穏としていただけに、自力でどうにかするしかなかった荒《すさ》んだ日々を思って気が遠くなる。

また逆戻りだ。そう思ったときだった。

店の戸がガラリと開いて、店内に誰かが入ってきた。

芙美子と哲也がぱっと背後を振り返る。春川が戻ってきたと思ったのだろう。隆二も期待したが、二人の表情が落胆したように翳《かげ》ったのを見て違うのだと悟った。それでものろのろと視線を動かして、哲也の肩越しに店の入り口を見遣る。

そこにいたのは、仁王立ちで立つ青柳だった。

（こんなときに――……）

ただでさえ青柳からは目をつけられていたというのに、道信の孫が現れたこんなタイミングで店に乗り込んでくるなんて間が悪いにも程がある。

きっとここぞとばかりに青柳からも糾弾《きゅうだん》されるのだろう。ほら見ろ、やっぱりお前は本物の孫なんかじゃなかったんだろうと勝ち誇ったような顔で。

もう好きに罵ってくれと自暴自棄になって項垂れたら、隆二の胸倉を掴んでいた哲也の手が唐突に離れた。

「な、なんだ、あんたら……？」

哲也がうろたえたような声を上げて後ずさりする。隆二も顔を上げ、そこでようやく店にやって来たのが青柳一人ではないことに気がついた。その後ろには、八百屋の主人や魚屋の女将、弁当屋の夫婦に金物屋のご隠居など、商店街の店主たちがざっと十人以上揃っていた。ぞろぞろと店に入ってきて、青柳を筆頭に哲也と芙美子を睨みつける。

「そりゃこっちのセリフですよ。あんたたち、この店の従業員に何乱暴なことしてるんですか」

険しい顔をした青柳の口から出てきたのは、隆二を庇うようなセリフだ。長らく隆二を目の敵にしてきたはずの青柳が何事だろう。呆気に取られて声も出ない。

そんな青柳に対し、哲也は隆二を一瞥《いちべつ》して「こいつは不法侵入者だ」と言い放った。

「俺たちはこの店の店長の孫だ。こいつはうちのじいさんがいない間、勝手に店を使ってたんだ。本当に従業員かどうかも怪しいのに」

「そいつは中井さんが入院する前からこの店に勤めてましたよ、間違いなく」

青柳が断言すると、魚屋の女将もはきはきした口調で同意した。

「そうですよ。中井さんが入院してからもずっとここで子ども食堂を続けてました」

「うちのじいさんの許可もなく勝手にそんなことしてたなら大問題だろうが」

哲也の言葉に「それは違う」と割って入ってきたのは八百屋の主人だ。

「俺は事故の現場にいたけど、中井さん救急車に乗る前、『子ども食堂を頼む』ってそいつに言ってたぞ。子ども食堂は中井さんに頼まれてやってたんだ」

隆二は大きく目を見開く。救急車に乗る直前の道信の言葉を、八百屋の主人もちゃんと聞いていたのか。

「この子は毎週木曜と日曜の夜、それから月曜の朝に子ども食堂を開けてたよ」

「そうです、子供たちだって毎回店に来てました」

「商店街でやってることなんだから、僕たちみんな見てました。間違いありません」

金物屋のご隠居や弁当屋の夫婦も次々と言葉を重ねてきて、哲也と芙美子はたじろいだように後ずさる。最後に青柳が一歩前に出て腕を組んだ。

「あんたたちこそ身内のくせに今まで何やってたんですか。中井さんが倒れたって連絡は随分前から繰り返ししてたでしょうよ」

「それは、仕事が忙しくて……」

「そこにいるそいつだって、一人で子ども食堂開いて忙しかろうに、仕事の合間を縫って中井さんの見舞いにいってましたよ。本物の孫よりよっぽど親身になって」

青柳の太い声に気圧《けお》されたのか、二人はぐっと声を呑む。さらに商店街の人たちに取り囲まれ、「あんたたちこそ本当に中井さんの孫なの？」「名刺とか持ってないんですか」と詰め寄られてタジタジだ。

ぽかんとした顔でその様子を見ていたら、青柳が隆二のもとまでやって来た。

これまであんなに隆二にきつく当たってきた青柳が急に味方になった理由がわからない。なぜ、と尋ねることすらできずに立ち尽くしていると、青柳にぼそっと耳打ちされた。

「今朝、春川さんがうちに来たんだよ」

「は、春川さんが……？　あの人の名前、知ってたんですか？」

「いや、今朝名刺もらって知った。うちだけじゃなくて商店街の店に片っ端から挨拶に回ったみたいだぞ。得体の知れない連中でも店に連れ込んだのかと思ったら、なんだか大層な会社の人らしいじゃねぇか。そうならそうとちゃんと説明してくれりゃよかったのに」

どこかばつの悪そうな顔でそんなことを言われ、隆二はしどろもどろに反論する。

「でも、春川さんがどんな肩書の人にしろ、勝手に誰かをこの店に泊めてたのはよくないことだと思ってたんで……」

「まあ、そりゃ……肩書のあるなしで人を判断するのもどうかと思うが。でも、事情を話してくれれば対応が変わることだってあんだろ。ちゃんと説明してくれ。何も言ってくれないと、何か隠してるんじゃないかって疑っちまう」

余計なことを言わない方がトラブルも少ないだろうと思っていたのに、口を閉ざすことで疑念を抱かれることもあるらしい。そんなこと思いつきもしなかった。

青柳によると、春川は朝から商店街を一軒一軒回って自分の身元を明かし、隆二の好意でしばらく店に泊めてもらっていたことを説明していったらしい。さらに隆二が子供たちのために必死で子ども食堂を続けていたことや、昨日になって急に道信の孫を名乗る人物が現れ、道信の帰りを待たず店を売り払おうとしていることなどを伝えてきたそうだ。

「びっくりしたよ。まさか中井さんが帰ってくる前に店を売っ払っちまおうなんて。長年守ってきた店がなくなっちまったら、中井さんがどんなにがっかりするかわかったもんじゃねぇ。子供たちにとっても大問題だろ」

隆二は物も言わず、まじまじと青柳の顔を見詰める。視線に気づいたのか、なんだよ、と青柳は羽虫を追い払うように顔の前で手を振った。

「俺たちだってわかってんだよ、この町に子ども食堂が必要なことくらい」

「でも、俺が子ども食堂を続けることには、あまりいい顔をしてなかったような……」

「そりゃお前がどこの馬の骨ともわからん奴だから仕方ないだろ。中井さんは人が好《い》いし、お前みたいなガキに騙されて売り上げを持ち逃げされたこともあるんだ。中井さんが入院した後はすぐに店から追い出すべきだとも思ったよ。でも八百屋の旦那が、中井さんがお前に店を託したって言ってたから……それで様子を見ることにしたんだ」

とはいえ、放っておけば隆二が店を私物化してしまうとも限らない。道信の金を使い込んだり、あるいは食堂の二階が柄の悪い連中のたまり場になったりする可能性もある。隆二と似たような年格好の青年から道信が騙された過去があるだけに、商店街の人々も警戒せざるを得なかったようだ。

「お前も俺たちと目を合わせようとしないし、何か後ろ暗いところがあるのかと思ってた」

「俺は、目つきが悪くて睨んでるって思われることが多いから、あんまり目を合わさない方がいいかと思ってただけです。怖がらせても悪いし」

今も青柳の顔を直視せずに俯いて呟くと、目の端で青柳が目を見開いた。

「……そんな理由で？」

青柳の言葉が終わらぬうちに、商店街の人たちに取り囲まれていた哲也が耐えかねたような声を上げた。

「だから！　そこのガキが本当に子ども食堂をやってた証拠なんてないだろうが！　勝手に寝泊まりしてただけかもしれないんだ。とっとと出ていけ！」

商店街の人たちを押しのけ、哲也が隆二に摑みかかろうとする。

哲也の手が隆二の胸倉にかかった瞬間、店の戸が勢いよく引き開けられた。

転がり込むようにして誰かが店に入ってくる。勢いがつきすぎたのか足をもつれさせながら顔を上げたのは、今度こそ春川だ。

一体どこから走ってきたのか春川は肩で息をして、真冬にもかかわらず額に汗まで浮かべていた。店内に哲也や芙美子だけでなく商店街の人たちまでいることに一瞬驚いたような顔をしたものの、哲也が隆二に摑みかかろうとしているのを見るやいっぺんにその表情が険しくなった。無理やり息を整え、大股で隆二たちのもとへやって来る。

「ここで子ども食堂を開いていた証拠を持ってきました」

隆二と哲也の間に割って入るような格好で、春川はその背後に隆二を庇う。そして哲也たちに向かってノートの切れ端のようなものを突きつけた。

単語帳ほどの大きさに切られたそれは、ハサミも使っていないのか端がガタガタだ。紙の中央に鉛筆で何か書かれている。哲也と芙美子だけでなく、隆二や青柳、近くにいた商店街の面々も春川の持つ紙を覗き込んだ。

「……子ども食堂、三百円？　もしかしてこれ、子ども食堂の食券か？」

青柳が紙に書かれた文字を読み上げる。春川は弾んだ息の下から「そうです」と力強く答えた。

「子供たちが自分で作った食券です。今は無理でも大人になったらここで食べた食事代を払いたいからと、食後に毎回食券を作って自分たちで保管していたんです」

「お前、子供らにそんなもん作らせてたのか？」

青柳に尋ねられ、隆二は無言で首を横に振る。そんな話は初耳だ。二人のやり取りを聞きつけた春川が、すぐに説明を加える。

「それは子供たちが自主的に作ったものです。食事の後、そこの小上がりで」

言われてみれば、最近子供たちは食事の後に小上がりに集まり、春川とノートに何か書きつけていた。宿題でもやっているのかと思っていたが、食券なんて作っていたのか。

「なんでそんなこと……？」

子ども食堂で三百円を支払わなければいけないのは大人だけだ。子供たちはそんなことを考える必要もない。不思議に思って呟くと、春川がちらりと隆二に視線をよこした。目元に優しい笑みが浮かぶ。

「みんな隆二君のことを心配したんだよ。君が自分のアルバイト代を子ども食堂につぎ込んでいるのを知って、自分たちも何かしないではいられなかったんだろう」

商店街の人たちが一斉に隆二を見る。目を見開いた青柳が口を開きかけたが、芙美子が金切り声を上げる方が早かった。

「そんなの、いつ作られたものかわからないじゃない！　おじいちゃんがお店をやっていたときに作ったのかもしれないし、昨日の夜に急ごしらえで用意したのかもしれないんだから、証拠になんてならないわよ！」

春川は一瞬浮かんだ優しい笑みを消すと、芙美子に自分の携帯電話を突きつけた。

「写真があります。子供たちがこの券を作ったときに撮ったものです」

ディスプレイに映っていたのは、小上がりで食券を作る子供たちの姿だ。以前春川が、子供たちと写真を撮っていたことがあるが、あのときのものか。

写真には、手製の食券を掲げる子供の姿がはっきりと映っている。写真の上には撮影した日時も表示されていた。日付は十二月。道信が入院した後のものだ。

「中井さんが入院した後も、確かにここで子ども食堂は開かれていましたし、子供たちも食事に来ていました。これがその証拠です」

哲也と芙美子の前に、春川は食券の束を突きつける。

「子ども食堂を続けてほしいと隆二君に頼んだのは中井さんの方です。中井さんが帰ってくるまで、子ども食堂は継続させるべきでは？」

「でも、それは……っ」

芙美子が上ずった声で反論したが、青柳たちに睨まれて口を閉じた。

「こいつを追い出して、あんたらこの店を売り払うつもりなんだって？　中井さんがまだ入院してるってのに断りもなく？　いくら孫だからってそんな勝手はまかり通らねぇだろ」

青柳の低い声には凄みがある。繊細な生菓子など作っている和菓子屋の主人とは思えないくらいの迫力だ。

「この店を生前贈与されてるわけじゃないんだろ？　だったらあんたらの勝手にはさせら

れねぇよ。この店の所有者は中井さんだ。こいつがここにいることは中井さんが了承してる。なら問題はねぇだろ」

こいつ、と言いながら青柳が隆二を指さす。商店街の人々も青柳と一緒になって、再び哲也と芙美子を取り囲んだ。二人は何事か言い返しているが、先ほどより明らかに声に覇気がない。

隆二は額に汗を滲ませた春川の横顔を見上げ、春川が手にしている食券へと視線を落とす。手作りの食券は、ノートの端を切り離したものやプリントの裏を使ったものなど、紙の色も大きさも不揃いだ。

「これ、今朝子供たちから借りてきたんだ」

ふいに声をかけられ、顔を上げると春川がこちらを見ていた。唇に柔らかな笑みを浮かべ、「よくできてるでしょ」と大事そうに食券を持ち直す。

「借りてきたって、こんな朝早くからどうやって……」

「小学校の近くまで行って、登校中の子供たちの中に食堂に来ている子がいないか必死で探したんだ。たまたま五年生の男子三人組と遭遇できてね、三人ともこれまで食堂で作った食券をずっとランドセルに入れっぱなしだったから、その場で借りられた」

春川は汗で額に張りついた前髪を後ろに撫でつけ、ふっと息を吐く。

「でも、同じような年の子たちがぞろぞろ歩いてると遠目に誰が誰だか判断するのが難しくて。下手に声をかけると通報されるから、近づいて相手の顔を確認して、違ったらまたすぐ離れての繰り返しでちょっと時間がかかった。ごめんね」

走って子供たちを追いかけては不審がられるので、あくまで速足で近づいたり離れたりしていたそうだ。三人から食券を借りた後は、学校から商店街まで歩いて十五分ほどの距離を全力で走って戻ってきたらしい。汗だくにもなるはずだ。

「……なんでそこまで？」

この店がなくなろうと、子ども食堂がなくなろうと、春川にはなんの不便もないはずだ。

春川は正面に視線を向けると、唇に微かな笑みを浮かべて言った。

「好きな人の役に立ちたいって言ったじゃないか」

もう何度目になるかわからない冗談に、隆二は体の脇で拳を握りしめる。

またいつもの冗談だ。冗談でしかない。

(でも、もしかしたら)

そんなふうに思い始めている自分に隆二は戸惑う。

あり得ない。あり得ないけれど、そうだったらいいな、と思った。こんなもの、口に含んだ瞬間に溶けて消える、綿菓子のような甘い願望に過ぎないけれど。

「――わかったわよ、帰ればいいんでしょ！」

がやがやと騒がしかった食堂内に芙美子の怒声が響き渡る。ハッとしてそちらに目を向けると、芙美子が商店街の人たちを押しのけ店を出ていくところだ。

「売っても二束三文にしかならないような、こんな古ぼけた店なんかいらないわよ！」

捨てゼリフを残し外に出た芙美子に続き哲也も何か言おうとしたようだが、道信の店を悪く言われて殺気立った商店街の面々に睨まれ、逃げるように店を出ていってしまった。

芙美子と哲也がいなくなると、店内に不思議な静けさが訪れた。それまで芙美子たちを取り囲んで口やかましくしていた商店街の人々は示し合わせたように口を閉ざし、揃って隆二を振り返る。全員の視線を一身に受け、隆二は思わず背筋を伸ばした。

奇妙な沈黙の中、口火を切ったのは青柳だ。

「……お前、自腹で子ども食堂やってたのか？」

「え、そ、そうです、けど」

「全額？　バイトして？　店にだっていくらか現金あっただろ？」

「あったけど、使ってません。俺の金じゃないので勝手に使うわけには……」

隆二が喋っている途中で、青柳がわなわなと唇を震わせ始めた。と思ったら、次の瞬間とんでもない大声で怒鳴りつけられる。

「だから！　そういうことをちゃんと言えっていうんだよ！」

「すっ、すみません！」

「すみませんじゃねぇだろ！　俺はそんなこと知らねぇから、もしかするとお前が店の金を使い込んでるんじゃないかってそんな心配して……的外れもいいとこじゃねぇか！」

青柳は口角泡を飛ばしてわめきたて、その場にしゃがみ込んでしまった。

「……言えよ、そんなこと。困ってるって、言ってくれなきゃわかんねぇだろ」

頭を抱えてうずくまる青柳の背中を、商店街の人たちが無言で叩いている。それから隆二に目を向け、すまなそうに肩を竦めた。

「君、一人で子ども食堂やってたの？　ごめん、よく知らなくて……」

「私たちも様子を見に行けばよかったのよね。子ども食堂がなくなったら困る子たちがいるのは事実だったんだから。一人じゃ大変だったでしょう？」

弁当屋の夫婦から労《ねぎら》うような言葉をかけられうろたえた。他の人たちもおおむね似たような反応だ。八百屋の主人も「毎週あれだけの量の野菜を買い込んで、一人でよくやってたもんだなぁ」としみじみ呟いている。

戸惑って後ずさりしそうになったところで、背中に春川の腕が触れた。春川は隆二をその場に押しとどめ、他の人間には聞こえないくらい小さな声で囁く。

「君のしていることを、ようやくみんな認めてくれたんだ。胸を張りなよ」

言われて自分の背中が丸まっていたことに気づき、隆二はぎくしゃくと背筋を伸ばした。

「ほら会長、いつまでも落ち込んでないでこれからの話をしないと！」

未だにしゃがみ込んでいた青柳の背中を魚屋の女将が叩く。

「あー……、そうだな。またさっきの二人が戻ってくるともわからんし。それにしても、あいつら本当に中井さんの孫か？」

青柳は気持ちを切り替えるように勢いをつけて立ち上がる。その横で、八百屋の主人も腕を組んだ。

「とても中井さんの孫とは思えないけど、本物の孫が出てきた以上、赤の他人が中井さんの店にいるのはまずいんじゃないかねぇ？」

「いや、別に問題ないだろ。そいつは前から住み込みで働いてたんだし」

「そうよ。孫といえども中井さんの同居人を追い出す権利なんてないでしょう」

「でもあいつらが警察とか呼んだら……？」

「本当にそんなもんが来たときに考えればいいんじゃねぇか？」

商店街の人たちは輪になってあれこれ話し合っている。懸命に打開策を見つけようとしているその姿を、隆二は現実味のない気分でぼんやりと眺めた。

誰一人、隆二をここから追い出そうとは言わないのが意外だった。それどころか隆二が自分たちを見ていることに気づくと「大丈夫だ」「どうにかするから心配すんな」と声をかけてくれさえする。

大丈夫だ。心配するな。

道信が入院した後、隆二も子どもたちに同じ言葉をかけた。あのとき、どれくらい子供たちの不安を軽くできたか心配だったが、案外効いたのかもしれない。

本当に大丈夫なのかどうかわからなくても、誰かから「大丈夫だ」と言ってもらえるのはこんなにも心強い。不安が薄れる。なのに泣きたくなるのが不思議だった。

「とりあえず、俺たちもそろそろ店を開けなきゃいけない時間だ。夜にもう一度集まるか。他の店の連中も呼んで、中井さんの孫がまたここに来たとき、商店街全体がどういう態度をとるか考えておいた方がいいだろう」

青柳の言葉でみんな揃って時計を見上げ、慌ただしく帰り支度を始めた。隆二も見送ろうと入り口に向かうと、一行の最後尾にいた青柳が立ち止まって隆二を振り返った。

「……今まで悪かったな」

仏頂面でそう言って、青柳は店を出ていった。

長いこと露骨に敵視されてきた青柳から謝罪の言葉をもらえるとは思わず呆然と立ち尽くしていると、背後でどさりと物音がした。振り返ると、春川が小上がりの端に腰を下ろして深く顔を伏せている。朝から走り回ってさすがに疲れたのだろう。

隆二も隣に腰を下ろすと、春川は伏せていた顔を上げ、やけに嬉しそうな顔で笑った。

「ようやく商店街の人たちも君を認めてくれたね」

青柳が隆二を悪く言っていたときは本気で怒って抗議に行こうとしていた春川だ。今回の商店街の人たちの反応がよほど嬉しかったのか、疲れた顔などかき消してニコニコと笑っている。その顔を見詰め、隆二はそっと口を開く。シャボン玉に息を吹きかけるように。乱暴に声を発したら目の前の現実が割れてしまいそうで。

「みんなが俺を認めてくれたんだとしたら、春川さんのおかげだ」

呟いて、隆二は春川に深々と頭を下げた。

「朝から商店街を駆け回って、うちの食堂に来てる子供たちにまで声をかけてくれて、ありがとうございました」

春川は汗で湿った前髪をかき上げ「君ってお礼を言うときは凄く丁寧だよね」と笑った。

「僕は現状をみんなに伝えただけで大したことはしてない。みんなが行動を変えてくれたのは、君の行動に胸を打たれたからだよ。君の成果だ」

隆二の反論を封じるように力強く言い切り、「それで、これからどうする？」と春川は話の舵《かじ》を切る。

隆二は小上がりに腰掛けたまま、いつもより低い目線で店内を眺めた。

「……商店街の人たちはああ言ってくれたけど、じいちゃんもいないのにずっとここにいるわけにはいかないだろ。本物の孫も出てきたし、近々ここは出ていくことになると思う。でも子ども食堂はどうにか続けたいから、近くのネットカフェとかで寝泊まりして、バイトしながらこの店に通うかな」

今更父親のもとに戻るつもりもないので、必然的に選択肢はそれくらいしかなくなる。

春川は「住む場所がないなら行政を頼った方がいいんじゃないかな」と助言してくれたが、隆二の返事は歯切れが悪い。

「俺なんて病気でもなければ怪我もしてないのに、そう簡単に助けてくれるもんか？　頼ったところで、いいから働けって門前払いされるのがオチだろ」

「働こうにも住所がなければろくな就職活動もできないだろうし、ちゃんと話を聞いてくれると思うよ。大丈夫、まずは市役所に行こう」

そう言われても、自分の生い立ちやこんな生活を始めたきっかけを他人に語るのは気が重い。どうしてもっと普通にできなかったのだ、と眉を顰められてしまいそうだから。

でも春川は隆二の生い立ちを聞いても呆れたりしなかった。親身になってくれた。だから隆二も、渋々ながら春川の提案に頷くことができた。

「春川さんはこれからどうすんだ？　ここを出ていくって言ってたけど……」

「そうだね、僕も家に戻るよ。まったく店に関係のない僕がここにいるのが一番の問題だと思うから」

隆二は店内に視線を戻し、そうか、とだけ呟いた。春川の顔が目の端に映るが、その表情を確かめることはできない。春川も少しぐらい淋しそうな顔をしてくれればいいと思ったが、もしも清々したような顔をしていたらきっと落ち込んでしまう。

「いい年した大人の家出も、いよいよ終わりか……」

「そうだね」と笑って、春川はスラックスのポケットから携帯電話を取り出した。

「早い方がいいかな。中井さんの孫がいつまた戻ってくるかもわからないし」

言うが早いか、春川はどこかに電話をかけ始めた。「僕だけど」と春川が告げた途端、スピーカーモードでもないのに電話の相手の絶叫が隆二の耳にまで届いた。今どこに、迎えに行く、というような言葉が聞こえるが、相手も動転しているらしく語尾がもつれている。春川はそんな相手を笑い飛ばし、中井食堂の住所を告げて電話を切った。

「僕の秘書だ。すぐここに来るよ」

「……今日出てくのか？」

「うん。必要な物だけ持っていく。と言ってもパソコンくらいかな。他のものはここで使ってもらってもいいし、いらなかったら処分して。そうだ、これは子供たちに返しておいてくれる？」

春川から手渡されたのは子供たちの作った食券だ。不揃いな紙にはまだ春川の体温が残っていて、隆二はそっとそれを握り込んだ。

子供たちは子供たちなりに、店や隆二のことを心配してくれていた。商店街の人たちも隆二が子ども食堂を続けていこうと必死になっているのを知って、態度を軟化させてくれた。行政を頼るという手段も教えてもらって、何か新しいことが始まる予感がそこかしこで芽吹いているのに、隆二の胸はしんしんと冷えていく。

春川は「荷物を持ってくるね」と言って二階に上がると、そう時間もかからずまた一階に戻ってきた。初めてこの店にやって来たときと同じ黒いチェスターコートを着て、片手にビジネスバッグを持っている。

「……何も持ってかねぇの？」

「ここに来てから買ったノートパソコンがカバンに入ってる」

それ以外のものはすべてこの店に置いていくつもりらしい。

この店で過ごした記憶まで置いていくつもりかと思うくらい、春川の行動は迅速で迷いがない。

隆二だけが、小上がりの縁に腰掛けて動けずにいる。春川がこの店にやって来てから今日までの、一ヶ月にも満たない時間を思い返すと胸が詰まって立ち上がれない。

俯いて黙り込んでいると、春川が再び隆二の隣に腰を下ろした。

「またすぐに戻ってくるよ」

とっさに、嘘だ、と思った。きっと春川はもうここに戻らない。

「戻ってくる理由なんてないだろ……」

力なく呟いたら、春川に肩を掴まれた。こちらの顔を覗き込まれ、真剣な表情が目の前に迫る。

「ある。君の力になりたいんだ」

なぜ、と何度春川に尋ねたことだろう。なぜこんなに親身になってくれるのだ。しかも言葉だけでなく、春川は態度でもそれを示そうとしてくれる。隆二に寄り添って、肩を叩き、たわみそうになる背中に手を添えて前を向かせてくれる。

「……なんで？」

何度目になるかわからない質問に、帰ってきたのは柔らかな苦笑だった。

もう何度答えたかわからないじゃないかと、言葉にせずとも返された気がして耳の奥でドッと心臓が大きく鳴る。

一目惚れをした。好きな人の役に立ちたい。

春川はそんな冗談を言って、幾度となく隆二に手を差し伸べてきた。隆二に不要な気を遣わせないために。

でももしかしたら、あの言葉にはほんの少しの本心も交ざっていたのではないか。

（一目惚れって、もしかしてまったくの嘘ってわけでもなかったんじゃないか……？）

そうでなければここまでしてくれる理由に説明がつかない。

春川はいったん家に帰ってしまうが、きっとまたここに戻ってくるのだろう。春川がそう言っているのだから間違いない。疑いもなくそう信じられた。

どこかで携帯電話が震える音がして、春川が小上がりから腰を浮かせた。瞬間、甘い柔軟剤の匂いがした。ドラッグストアで売っていたとしてもきっと隆二は選ばない、少し値の張る柔軟剤。甘くて優しい、春川の匂いだ。

考えるより早く、隆二は春川のコートの端を摑んでいた。

携帯電話を手にした春川がこちらを振り返る。鳴り続ける電話に目を向けることもなく、どうしたの、と隆二の顔を覗き込んだ春川を見たら、口から言葉が転がり出た。

「行くなよ」

声を出す直前、心臓がひと際大きく脈打って、体全体が震えた気すらした。

「あんたのこと、好きなんだ」

告白は短い。だが、春川が大きく目を見開いたのを見て、伝わった、と思った。

自分はどんな顔で春川を見ているのだろう。言葉足らずでも恋心が伝わってしまうような、そんな必死な形相をしているのだろうか。急に恥ずかしくなって下を向く。それでも春川のコートを摑む指先は緩まない。春川を引き留めようと必死だった。

激しく脈打つ心臓が全身に血流を送って耳鳴りがする。そのまましばらく俯いていたが、春川からの反応はない。沈黙が居《い》た堪《たま》れなくなってきて、隆二は恐る恐る顔を上げた。

春川は先ほどから少しも体勢を変えることなく隆二を見ていた。手にしていた携帯電話はいつの間にか沈黙している。その顔を見上げ、隆二は小さく息を呑んだ。

春川は驚いたというより、ひどく困ったような顔でこちらを見ていた。

瞬間、さっと隆二の体から血の気が引いた。春川のコートの端を摑んでいた手を引っ込めれば、その動きで春川も我に返ったように動き出す。

「……その、ありがとう。僕も隆二君のこと、好きだよ。君の気持ちは凄く嬉しい。でも」

でも、と逆接の言葉がついた時点でわかった。これは告白を断るときの常套句《じょうとうく》だ。春川は慎重に言葉を選んでいるらしく、なかなか次の言葉が出てこない。きっと隆二を傷つけない断り文句をひねり出そうとしているのだろう。

理解した瞬間、全身が燃えるように熱くなった。

春川は、そういう意味では自分のことなど好きではなかった。繰り返された「好きだよ」という言葉には、子供や友人に向けるのと同じくらいの意味しかなかったのだ。

羞恥で全身を焼かれるようだ。身をよじって床を転げ回りたい。もはや春川の顔を見返すこともできず、隆二は顎が胸についてしまうくらい深く俯いた。

膝の上で固く握りしめられた隆二の拳に気づいたのか、春川が慌てたように隆二の前にしゃがみ込んだ。

「本当に君の気持ちは嬉しいよ。君のことだって好きだ。ずっとそう言ってきたじゃないか」

そうだ、お前がそうやって好きだ好きだと軽々しく口にするからこっちは勘違いしたのだ、と言い返してやりたかったが、喉に空気が詰まって声も出ない。限界まで息を止めているときのように顔が真っ赤になって、こめかみの辺りで血管が脈を打つ。

「でも、ちょっと待ってほしい。すぐ戻るから。本当に勘違いしないで。君の気持ちを拒絶してるわけじゃない」

隆二が同性愛者だとわかっても、隆二自身を拒絶する気はないらしい。優しいことだ。いっそ「理解できない」と軽蔑された方がまだ諦めもつくのに。

振った相手にまで優しくするなと唇を噛んだところで、店の前に車が急停車する音がした。鋭いブレーキ音に続き慌ただしく車のドアを開け閉めする音がして、店の引き戸が勢いよく引き開けられる。

「航大様!」

大声を上げて店に飛び込んできたのはブラックスーツを着た男性だ。年は春川よりいくらか上だろうか。縁の太い眼鏡《めがね》をかけ、猛然と春川に駆け寄ってくる。隆二の前にしゃがみ込んでいた春川が腰を上げるより先に、男は春川の襟首を摑んで力任せに引き上げた。

「貴方という人はこんなところに身を隠して……! 都内のホテルにでもお泊まりいただければすぐに包囲網を狭めるつもりでいたのに、なるほどここならカードを使うこともない! よく考えられましたね!?」

男性は額に青筋を立て、問答無用で春川の腕を引きずって店の外に連れ出そうとする。

さすがに驚いて隆二が小上がりから立ち上がると、男は初めて隆二に気づいたような顔をして「このお店の方ですか？」と尋ねてきた。

「私は春川の秘書を務めております、飛田《ひだ》と申します。春川が大変なご迷惑をおかけしたようで申し訳ありません。後日改めて謝罪に伺いますので」

秘書と聞き、この人が、ととっさに身構えた。この店に来た当初、カードを使っては秘書に見つかると春川が言っていたことを思い出したからだ。話半分に聞いていたが、火の玉のような勢いで店に飛び込んできて春川の首根っこを摑んだ俊敏さと、有無を言わさず春川を外に連れ出そうとする腕力を目の当たりにして、なるほどこの人なら東京中のホテルを当たって春川を捜し出すことくらいやりかねないと場違いに納得してしまった。

それでは、と一礼して春川を連れ出そうとした飛田に異を唱えたのは、当の春川だ。

「待ってくれ！　まだ隆二君と話が終わってない！」

「後になさい！　これだけ長いこと行方をくらませておいて……！」

「会社に行かなくても仕事はこなしていただろうが！　隆二君、本当に戻ってくるから！　これ、僕の連絡先！」

春川がジャケットの内ポケットから名刺を差し出してくる。勢いに呑まれて名刺を受け取った瞬間、春川の体が真横にスライドした。飛田に力任せに腕を引かれ、爪先が床から浮くほどの勢いで店の外へと連れ出される。

隆二君、と最後に名前を呼ばれた気がしたが定かでない。春川はまるで誘拐でもされるように車に押し込まれ、下町の商店街には不釣り合いな黒塗りの外車はあっという間にその場から走り去っていってしまった。

車の音が遠ざかり、店内は唐突な静けさに包まれる。

隆二は春川から押しつけられた名刺に視線を落とし、のろのろと小上がりの端に腰を下ろした。名刺には春川の名前とメールアドレス、携帯電話の番号が記載されていた。だが、こんなものをもらったところで今更どの面下げて連絡をしろというのか。

時計を見上げる。まだようやく朝の九時を過ぎたところだ。

今日は哲也と芙美子が店に来るのでアルバイトは休みにしていた。子ども食堂もない。

（……なんも考えたくねぇな）

何もすることがないとどうしても余計なことを考えてしまう。いっそ午後から単発のアルバイトでも入れようかと思っていたら、カウンターに置かれていた電話のベルが鳴った。

今時珍しい黒電話の音は非常ベルの音に似て、隆二はびくりと肩を揺らしてから立ち上がる。店に電話がかかってくるなんて珍しい。

セールスの類だろうか。八つ当たりのように低い声で電話に出た隆二だが、直後その顔色が変わった。

電話の相手が、道信の入院している病院のスタッフだったからだ。

道信が入院している病院までは駅で数駅。急いた気持ちを抑えきれず、電車から降りるなり全力で走って隆二は病院までやって来た。さすがに病院内を走るのはよくないとわかっていても、速足になってしまうのは止められない。息を弾ませ道信の病室に飛び込む。四人部屋は、道信のいるベッドの周囲だけカーテンがかかっていた。声をかけるのも忘れ、もどかしい気持ちでカーテンを引き開ける。その向こうには、ベッドに横たわる道信の姿があった。

以前見舞いに来たときは微動だにせず眠っていたのに、今日の道信はぱちりと目を開けて、枕に頭をつけたまま目だけ隆二に向けると「よう」と掠れた声を上げた。

道信の意識が戻った。そう病院から連絡を受けていたはずなのに、実際に本人が目を開けている姿を見たらぼんやり視界が滲んだ。喉の奥から慎重に息を吐いて、隆二は奥歯を嚙みしめる。喉の筋肉が痙攣《けいれん》して、気を抜くと嗚咽《おえつ》が漏れてしまいそうだ。

「悪いな、まだ起き上がれねぇんだ」

横たわったまま喋る道信の声は小さく弱々しい。大丈夫なのかと不安になったが、これでも目が覚めた直後よりはまだ声が出るようになっているそうだ。

道信が目を覚ましたのは昨日の深夜のこと。一度目覚めたら眠れなくなった、とは本人の言で、半日ほどベッドで一人リハビリに励んでいたらしい。軽く声を出したり、手足の指を動かしたりする程度だったらしいが、くれぐれも無理はしてくれるなと思う。

隆二はベッドの脇に置かれた丸椅子に腰掛ける。走り通しだったせいで乱れる息を無理やり整え、やっとの思いで口を開いた。

「出かける前、青柳さんにも、声かけといた。開店準備が済んだらすぐ来るって……」

「わざわざ来ることねぇだろ、大げさだな」

多少声に張りはないものの、道信の口調は以前と変わらない。長いこと意識を失っていただけに何か後遺症のようなものが残るのではと案じていたが、今のところそんな様子もなさそうだ。

「…………よかった」

俯いて隆二は呟く。涙声になってしまったが、道信はそれをからかわない。乾いた紙をこすり合わせるような笑い声が病室に響いて、隆二は小さく鼻をすすった。

隆二の到着から一時間と経たず青柳も病室にやって来て、道信の顔を見るや両手で顔を覆ってしまった。

「中井さん、よかった……！」

声に涙を滲ませる青柳を見て、「やっぱり大げさだな」と道信は苦笑した。

一通り道信の様子を確認した後、隆二は青柳とともに道信の状態について医師から説明を受けた。道信はすでに早朝からあれこれ検査を受けていたらしいが、脳にも体にも目立った異常は見つからなかったそうだ。だが、長らく寝たきりだったので筋肉が衰えており、退院するまではリハビリが必要になるらしい。

説明を聞き終えて病室に戻ってみると、道信はベッドの角度を少し上げ、枕に背中をもたせかけるようにして隆二たちを待っていた。

「中井さん、寝てなくて大丈夫なのかよ」

「もう十分寝たよ。ここ何年も働き詰めだったからな。ちょっと寝溜《ねだ》めしちまった」

道信は隆二を見上げ、「店は？」と短く尋ねた。

「子ども食堂だけ、続けてる」

「そうか。全部任せちまって悪かったな。俺の代わりに店を開けてくれて、ありがとう」

ありがとう、という言葉に救われた。子ども食堂を続けていてよかったんだ、と思ったら、強張っていた肩や背中から力が抜ける。

隆二も道信もあまり言葉数の多いタイプではない。話は終わったとばかり黙り込む二人の間に、「それどころじゃないんだよ」と青柳が割り込んでくる。

「中井さんの孫って二人が店に来たんだ。中井さんが帰ってくるのを待たずに店を売るなんて言い出すから驚いて……！」

「哲也と芙美子か？」

道信は眉間に皺を寄せ、「相変わらずみっともねぇ奴らだな」と吐き捨てる。

「またギャンブルですったかなんかしたんだろ。あいつらそういうときじゃないと俺の顔なんぞ見に来やしねぇ。店に来たら塩撒《ま》いて追い返してやれ」

「こいつのこと不法侵入だなんだって言ってたけど、耳貸さなくていいんだな？」

「当然だろ」とこともなげに道信は即答してくれて、隆二だけでなく青柳までホッとしたような顔をした。

長く意識を取り戻さなかったわりに道信は元気そうだったが、やはり長い時間身を起こしているのは疲れるようだ。あまり長居はせず、隆二と青柳は病室を後にした。

病院を出て、青柳とともに電車に乗って商店街に戻る。

最寄り駅に着くと青柳に「お前ちょっと、商店街のみんなに中井さんが目を覚ましたって言って回ってこい」と言われた。大方報告が終わったら青柳の店に来るようにとも言いつけられ、商店街を一軒一軒歩いて回る。

道信が意識を回復したと聞いた商店街の人々は、口々に「よかった」「一安心だ」と言って、駄賃とばかり隆二に店の商品を持たせた。パン屋は「よかったらこれ」と食パンを一斤くれたし、魚屋は「お祝いだ」と刺身のパックをくれ、八百屋の主人は「サービス」と大きな大根を一本くれた。あれこれ抱えて金物屋に行くと、ご隠居まで「持ってきな」とたわしを手渡してくれて、隆二は大荷物を持って青柳の店に行った。

青柳もまた、隆二のために紅白まんじゅうを用意していたようだが、隆二が持ちきれないほどの荷物を抱えているのを見て「ちょっとうちに上がってけ」と隆二を店舗の奥の自宅に上げた。そしてそのまま、青柳の家で昼食を食べていく流れになる。

午前中、道信を見舞うため青柳が店番を抜けていたせいか店は忙しそうで、食事の礼のつもりで隆二も和菓子屋の仕事を手伝った。

夕暮れになると青柳の店に商店街の人々がやって来て、道信の回復祝いをしようと話をまとめ、近くの中華飯店に集まることになった。何もかもとんとん拍子に進んでいくそれに巻き込まれるように隆二も中華飯店に向かい、道信不在の快気祝いに参加する。

みんな道信の回復を祝い、その孫たちの横暴に怒り、これまで一人で子ども食堂を続けてきた隆二を労ってくれた。青柳も「中井さんが帰ってくるまでもうひと踏ん張りだ、頑張れよ」と背中を叩いてくれて、一日で世界が百八十度変わってしまったような不思議な気分だった。

夜更けまで続いた快気祝いがお開きになると、隆二は一人道信の家に戻った。

「ただいま」

店の引き戸を開けながら、いつもの癖でそう口にしていた。

当然ながら店内は真っ暗で、隆二の言葉に答えてくれる人はいない。

隆二は無言で店内に入ると、青柳の家に預けていた刺身や野菜を冷蔵庫に入れて二階に上がる。目の端で春川の部屋の襖を捉《とら》えたが、あえてそちらに視線は向けず隣の部屋に入った。

後ろ手で襖を閉め、敷きっぱなしだった布団の上に膝をついて深く息を吐く。ここはもともと道信の部屋だ。早いうちに布団を隣の部屋に戻さなくては。そう考えて、本当にもうすぐ道信はここに戻ってくるのだと改めて実感した。

体から力が抜けて、気がつけばもう一度大きな溜息をついていた。

(……俺、まだまだ子供なんだな)

道信が入院してから今日までの日々を振り返り、ふとそんなことを思う。

実家を飛び出し、親元を離れて、少しは大人になれたと思っていた。

子供を助けるのは大人の役目だと意気込んで子ども食堂も引き継いだが、春川がいなければきっと途中で破綻《はたん》していた。哲也と芙美子が乗り込んできたときだって、商店街の人たちが駆けつけてくれなければ店から追い出されていたかもしれない。もっとさかのぼれば道信が入院する際、青柳がいてくれなければ道信の入院手続きを行うことすらままならなかったのだ。

一人でなんとかしようと足掻《あが》いてきたつもりで、結局周りから助けられている。それでいて、自分から周りに助けを求めることもできない。春川のように商店街の人たちに事情を話して哲也たちを追い返してもらおうなんて、隆二は思いつきもしなかった。

誰かに救いを求めたところで、どうせそっぽを向かれると思い込んでいたのだ。でも青柳は、「ちゃんと言え」と隆二に言った。そうしたら対応も変わったかもしれないのにと、悔しそうな顔すらしていた。

隆二は深く反省する。思い込みで行動するのはよくない。自分に向けられる感情を勘違いするような愚行はもう犯すまい。

例えば、友愛に近い春川の好意を恋愛感情と履き違えてしまうようなことも——。

「……ぐうぅっ！」

それまで真顔で畳の目を凝視していた隆二は、脇腹に刃物でも突き立てられたような呻き声を上げて布団に倒れ込む。

半日以上必死で平静を装ってきたが、さすがにもう限界だ。

道信の見舞いに行ったり、青柳の店を手伝ったり、商店街の人たちと中華飯店で食事をしたりしてどうにかこうにかこの半日間目を逸らしてきたが、いよいよ現実と向き合わなければ。

春川は、隆二のことを恋愛対象としては見ていなかった。これっぽっちも。

(それはそうだろ！　一目惚れだとか好きだとか全部冗談に決まってるだろ⁉　それを真に受けるとかマジで恥ずい！　もう一生あの人の顔見られねぇ！)

隆二は布団の上を転げ回り、指先に触れた上掛けを闇雲に握りしめる。そのまま布団を体に巻きつけながら部屋の端まで転がっていって、勢いよく壁に激突した。砂壁からパラパラと砂が落ちてきて、室内に静寂が訪れる。

これまで山ほど辛い目に遭ったし、恥もかいてきた。だが今日以上の黒歴史がこの先の人生に刻まれるとは思えない。

告白なんてしなければよかった。どうして春川が受け入れてくれるなんて思ってしまったのだろう。相手は大企業の御曹司で、芸能人と見紛《みまが》うばかりの美貌で、優しくて誠実で、下町のヤンキーじみた自分のことなど振り返ってくれるはずもないのに。

隆二は布団に丸まってぶるぶると震える。羞恥で全身が熱い。春川に告白した瞬間のことを思い出すと、水から揚げられた魚のように、ビタンビタンと足が跳ねた。

（あのときの記憶が刻まれてる部分だけ脳の細胞を焼き切りてぇ！　もう忘れろ！　どうせもう二度と会うことも――いやあの人、またここに戻ってくるって言ってたな⁉）

春川は子ども食堂を援助したいと言っていた。そのためにまた戻ってくるとも。口先だけでなく、本当に戻ってくる可能性は高い。

春川が再びこの店にやってくる光景を想像して、隆二は指先が白くなるほど強く布団を握りしめた。

子供とおかずの取り合いをしたり、本気で喧嘩をしたりと子供っぽいところもあるものの、なんだかんだと春川は大人だ。隆二の告白などなかったような顔で笑って会いに来てくれるのは想像に難くない。あの告白を蒸し返すこともないだろう。

隆二も何もかも忘れた顔で春川に会釈をすればすべて丸く収まる。それはわかるが、実行できるかと言われると話は別だ。もはや春川に合わせる顔など持ち合わせていない。

（……ここを出よう！）

体に布団を巻きつけたまま、隆二は衝動的にそう思う。

（俺はまだ全然大人じゃなくて、周りの人に助けてもらわないと何もできない！　全然自立なんてできてなかった！　社員寮を焼け出されたあと行き倒れにならずにすんだのだって、たまたまじいちゃんに助けてもらえたからだ。いつまでもじいちゃんに頼ってないで、今度こそ自分の力で生きていけるようにしよう！）

大きく目を見開いて、いかにもまっとうな言葉をずらずらと並べてみたが、本音は春川から逃げたいだけだ。恥ずかしくて顔が見られない。無様な自分を見られたくない。

隆二は自分の本心から目を逸らし、深く布団に潜り込んでぎゅっと目を閉じる。

自分の過去を春川に伝えたとき、春川は「経験を糧にしよう」と言ってくれた。失敗したことも騙されたこともきちんと覚えておいて、同じ目に遭わないようにしようと。

その通りだ。いくら仕事に困っても、もう前に勤めていたようなブラック企業には就職すまい。何か困ったことがあったら周りに助けを求めるという選択肢があることも忘れないようにしよう。

そして甘い言葉を囁いてくる相手にも、もう二度と騙されないのだ。

（……信じた方が馬鹿だったんだ）

春川がときに甘い声で、優しい眼差しで、真剣な表情で口にしてきた言葉の数々を思い出し、隆二は両手で耳をふさいだ。

一目惚れだったんだ。好きだよ。君の役に立ちたい。

自分はそんな言葉をかけてもらえるほど上等な人間ではないのに、何を浮かれていたのだろう。

布団の中で体を縮め、きつく目を閉じたら眦《まなじり》からぽろりと涙が落ちた。

耳をふさいでも、これまで春川がかけてくれた言葉の数々はしつこく耳の奥で響き続け、隆二はその晩、両手を耳に押し当てたまま眠りに落ちた。


道信が意識を回復した翌日、隆二は朝早くから日雇いのアルバイトに向かった。道信の家を出ると決めたからには、先立つものは絶対に必要だ。とはいえ道信の様子も気になるので、病院の面会時間に間に合うよう仕事は切り上げ、現場から直接病院に向かった。

病室では、道信がベッドに腰掛けてテレビを見ていた。隆二が来るとテレビを消して、「なんにもすることがねぇ」と顔を顰める。

「リハビリにその辺を歩こうとしたら看護師さんがすっ飛んできてな、転んで骨でも折っちゃ困るからって車椅子に乗せられたんだよ。人を重病人みたいに」

「重病人みたいなもんだろ。長いこと寝たきりだったんだから」

むしろこの短期間に喋ったり座ったりできるようになったことが驚きだ。

「手ぶらで来ちゃったけど、何か必要な物は？」

「ないな。青柳さんとこの奥さんがあれこれ持ってきてくれるから。退院したらきっちり礼をしとかないとなぁ」

神妙な顔で頷く隆二を見て、「それで？」と道信は片方の眉を上げる。

「やけに思い詰めた顔してるが、また孫どもでも押しかけてきたか？」

まだ本題を切り出してもいないのに、道信はとっくに隆二の顔色に気づいていたらしい。

隆二は膝の上で拳を握りしめると、思い切って口を開いた。

「近いうちに、じいちゃんの店を出ようと思う」

ほう、とフクロウのような声を上げた道信に、隆二は勢いよく頭を下げる。

「俺、ちゃんとした人間になりたいんだ。いつまでも赤の他人のじいちゃんに頼ってないで、自立したい。だからこんな大変なときに申し訳ないとは思うけど、じいちゃんの店を出ていこうと思ってる」

言い終えて恐る恐る顔を上げた隆二に、道信は芝居がかった仕草で首を振った。

「偉い立派な話だが、赤の他人とは淋しいじゃねぇか」

隆二はなんと答えるべきかわからず眉を下げる。路頭に迷っていた隆二に手を差し伸べてくれた道信には一生感謝していくつもりだが、肉親でもなんでもないのは事実だ。

本気で返す言葉に迷っている隆二を見て、道信も茶化す表情を引っ込めた。

「自立するにしても、もうちょっと様子見てからでもいい気がするが、その感じだと、今じゃないと駄目なんだろうなぁ」

「……今だったら、無理やりでも前に進める気がするんだ。今を逃したら、なんだかもう、どうせ全部上手くいかないって放り出して、頑張ることもできなくなる気がして」

昨日一晩、布団の中で目を見開いて考えた。

もう春川と合わせる顔がないから店を出たい。最初はそんな気持ちが思考の大半を占めていたが、夜が更けるにつれ、もうそろそろ、行き当たりばったりの人生をどうにかしたいと思うようになった。

隆二はいつも、今日と明日のことしか考えてこなかった。

けれど今回起きた一連の出来事を振り返るうちに、もっと先のことを考えざるを得なくなったのだ。このまま中井食堂にいたとして、道信に何かあったらどうなるか。自分は単なるアルバイトでしかないのだから、店や家屋を引き継ぐことはできない。もし道信がそれを望んでくれたとしても、経営のことも調理のことも何もわからない。

今の自分は、道信の善意でなんとか生活しているだけだ。あまりにも危うい。もっと自分の足で立って歩けるようにならなければ。他人の親切はありがたいが、それはいつどこで途切れるともわからない脆《もろ》いものだとも思い知った。

道信の孫たちが店に乗り込んできたときも、おろおろするばかりで何もできない自分がふがいなかった。根無し草のような立場では誰かに助けを求めることも難しい。だから地域と社会に根を張りたい。自分はここにいるぞと訴えられるように。

「ちゃんと、行政とかを頼って、自立したい」

隆二は固い表情で道信に告げる。

地域や社会なんて、これまでの隆二には脅威でしかなかった。うっかり彼らに目をつけられたら何か責められはしないか、奪われはしないかとこそこそしていたが、そんなことでは本当に困っているときに周囲を頼ることもできない。

それに今は、春川への告白が失敗したという事実が隆二にとってとんでもないブースターになっている。春川の冗談を真に受けてしまったという羞恥。このまま店にいてはまた春川と鉢合わせるかもしれないという恐怖。この二つに駆り立てられている今でなければ、居心地のいい道信の店を出ていくことなどできるとは思えない。

隆二が派手な失恋をしたとは露とも知らない道信は、決意に満ちた隆二の目を見て小さく頷いた。

「そうだな。人生弾みも必要だ。いいぞ、好きなときに出ていって」

存外あっさりと了承され、ほっとすると同時に淋しくなった。自分から出ていくと言ったくせに、勝手なものだ。

俯いた隆二を見て、「なんでお前がそんな顔するんだよ」と道信は喉を鳴らして笑う。

「泣きてぇのは俺の方だ。淋しくなっちまう。たまには店の手伝いに帰ってこいよ」

言葉とは裏腹におかしそうに笑いながら、道信は皺だらけの手で隆二の頭を撫でる。

隆二は俯いたまま、はい、と答えた。

鼻声になってしまったことが、道信にばれなければいいと思った。


意識を取り戻した道信は精力的にリハビリを行い、目覚めてから一週間で退院することになった。この年の人間にしては驚異の回復力だと医師も驚くくらい、病院を出ていく道信の足取りはしっかりしたものだった。

とはいえ、さすがにいきなり一人暮らしをさせるのは心配だ。食堂だって退院直後の道信一人で再開させるのは難しい。

そんなわけで道信の生活が安定するまで、年内いっぱいをめどに隆二も店に残ることになった。

道信がいない間、店に春川が寝泊まりしていたことは事前に道信にも伝えていた。道信も「今更居候が一人増えたところで変わらねぇよ」と気にした様子もなかったが、実際に春川が使っていた部屋を見たときはさすがに「お前、とんでもないボンボンと一緒に暮らしてたんだなぁ」と口を半開きにしていた。ちなみに春川が残していったヒーターや加湿器は、ありがたく店で使わせてもらうことになった。

退院した道信は手始めに子ども食堂を隆二から引き継ぎ、店の外にアルバイト募集のポスターを貼った。幸い、商店街の近くで下宿をしている大学生が早々にアルバイトの面接を受けにきて、年明けから隆二と入れ替わりで店に立つことが決まった。

ポスターを見た商店街の人たちは、隆二が店を出ていくことを惜しみつつも応援してくれ、子ども食堂にボランティアとして手伝いに来てくれることになった。

子供たちも道信の帰りを喜んだ。子ども食堂に入れるようになった大人たちも、「待ってたよ」と手放しで道信の復帰を喜んでくれた。

隆二も退院したばかりの道信のために店の階段に手すりをつけたり、棚の上にしまってある重い鍋の位置を移動したりして、なんだかんだと忙しく過ごしているうちに、道信が退院してからの一週間はあっという間に過ぎて言った。

春川が店を出ていってから数えるとすでに二週間が経過したが、春川からは特に連絡もなく、本人が店にやって来ることもなかった。秘書だという飛田からの連絡もない。

いつ春川が戻ってくるかと戦々恐々していた隆二も、年の瀬が近づく頃には、会社に戻った春川にとって、下町の食堂などさほど優先順位の高いものではないのだろうと思うようになった。安堵と落胆が均等に混じり合った感情は手に余るほど複雑だったが、自分の告白ももう忘れているかもしれないと思えばひりひりするような恥ずかしさは遠くなった。

　今年最後の子ども食堂を終えると、大晦日《おおみそか》と元旦《がんたん》を道信と二人でゆっくり過ごした。

　一年の終わり、そうやって隆二は静かに傷心を慰めたのだった。


　元日の朝は、商店街を照らす日差しがやけに白く見えた。町内を一掃するような光だ。ただ夜が明けただけなのに、今日は昨日の続きでしかないのに、早朝の商店街を見て、まっさらな一年が始まったのだと思った。冷たい空気を吸い込んで、今年は忙しくなりそうだ、と思い、そんなことを思う自分の変化に気がついた。一年という長い単位でものを考えること自体、隆二にとっては滅多にないことだったからだ。

　元日から丸二ヶ月が過ぎ、季節はゆっくりと春に近づいている。

「金堂君、また求人情報誌読んでるの？」

　アルバイト先のコンビニで休憩時間に求人情報誌を眺めていたら、バイト仲間の田原《たはら》に声をかけられた。

　田原は二十代後半で、二週間ほど前からこのコンビニでアルバイトを始めた。大学を出て一度は就職したらしいが、「会社勤めは性に合わない」と退職し、今はアルバイトをしながら専門学校に通い直しているという。一月からここで働いている隆二にあれこれ仕事を教わることが多いからか、休憩中もよくこうして声をかけてくれる。

　小さなテーブルに求人情報誌を広げていた隆二は、自分で作ってきたおにぎりを食べながら田原のためのスペースを開けた。

「金堂君、一人暮らしでしょ？　いつもお弁当持ってきて偉いね」

「弁当ってほどでもないです。おにぎり握っただけで」

　隆二は今、道信の店がある商店街から電車で一時間ほど離れた場所にある小さなアパートで、一人暮らしをしている。

　去年の暮れから市役所に通い始めていた隆二は、自立相談支援や住居確保について市の職員と相談を重ねた。手に職もなければ学歴もない隆二がいきなり一人で生きていくことは難しいので、どうしても支援を求めざるを得なかったのだ。

　父親は頼りたくなかったが、肉親がいる以上それを隠しておくわけにもいかない。父親の存在を職員に伝えた隆二は、そこで初めて父が二年前に他界していたことを知った。隆二が家を飛び出した直後に亡くなっていたらしい。

　職員からそれを告げられたとき、隆二は一言「そうですか」と答えただけだった。母親が亡くなったと知ったときのような衝撃はなく、涙も出なかった。むしろ父親が今も自分を捜しているのではという長年の不安が消え、ホッとしたくらいだ。

無事に住む家も決まり、いよいよ食堂を出ていく日、膝に額がつくほど深く頭を下げた隆二に、道信は笑ってこう言った。

「また飯でも食いに来い。今度は三百円忘れるんじゃねぇぞ」

暮らしが立ちゆかなくなったらいつでも戻ってこいと言い添えられたときはうっかり泣きそうになったし、これはおめおめ戻れないぞとやる気をかき立てられもした。

食堂を出た後、隆二は一軒一軒商店街に並ぶ店を訪ねて回った。

かつて春川が自分のためにそうしたように、道信と子ども食堂、ひいては子供たちをよろしくお願いします、と頭を下げれば、商店街の主人たちも「もちろん」「任せろ」と快く返事をしてくれた。

青柳も「また商店街に顔出せよ」と言って隆二に梅の花をかたどった生菓子をくれた。

道信を残してこの町を出ていく隆二を責める人は、誰もいなかった。

過去を回想していたら、田原が隆二の隣に腰を下ろしてその手元を覗き込んできた。

「やっぱり自分で弁当持ってくるのは凄いよ。俺、おにぎりなんて握れないもん」

屈託なく笑う田原を見て、隆二はいつか見た不格好なおにぎりを思い出した。大きさも形も不揃いなそれは、春川が初めて握ったおにぎりだ。

ふいの懐かしさに胸を締めつけられ、隆二は小さく息を吐く。

隆二が店を出るその日まで、春川が道信の店にやって来ることはなかった。

一ヶ月近く同じ屋根の下で暮らしていたというのに、あるいはだからこそ、隆二と春川は互いの携帯電話のアドレスを交換していなかった。隆二は春川から名刺をもらっていたが、商店街を離れる日、駅のホームにあったゴミ箱にあの名刺は投げ捨ててしまっていた。連絡をくれない春川に愛想をつかしたわけでも、やけくそになったわけでもない。以前春川に言われた通り、経験を糧にしよう、と思ったのだ。失敗して痛い目に遭ったことも、恥をかいてのたうち回ったことも、初めて人を好きになって前に進もうとしたことも、全部抱えていかなくては。

そのために、未練はここに捨てていくべきだ。そう自分に言い聞かせ、隆二は春川の名刺をゴミ箱に投げ入れた。

あの日のことを思い出してぼんやりと虚空を見詰める隆二の横で、田原は湯を注いだカップラーメンの蓋をぺりぺりと開ける。

「でも金堂君、なんで求人情報誌なんて読んでるの？　今だって何個かアルバイトかけ持ちしてんでしょ？　ファミレスと飲み屋とコンビニだっけ？」

「そうなんですけど、バイトじゃなくて正社員の仕事探してるんです」

「ああ、いいじゃん。金堂君真面目だし、いくらでも働き口あるでしょ」

隆二は無言で情報誌のページをめくり、ぽつりと呟いた。

「募集要項見ると、最低でも高校卒業程度ってところがほとんどなんですよね。でも俺、中卒なんで。中卒で正社員になる方法ってないんですかね？」

勢いよくラーメンをすすっていた田原が軽くむせた。

ほんの少し前まで自分が中卒であることを隠しがちだった隆二だが、今はこの生活から抜け出したいという気持ちの方が強く、恥を捨てて他人にあれこれ尋ねるようになった。

田原はわずかに目を泳がせたものの、口に含んだものを飲み込む頃には真面目な顔になって、「正社員かぁ」と呟いた。

「事務職だったらどうにかなるかも……？　逆に資格取って専門職目指すとか」

「資格ってどうやって取るんですか」

「本屋行ってみたらいいよ。資格情報の本とか参考書売ってるから、勉強して、試験受ける。事務職だったら簿記とか受けたらいいかもね」

「要普通免許って言葉もよく見かけるんですけど、免許あった方がいいんですかね」

「あれば選択肢は広がるだろうけど、免許取るとなったら結構お金かかるよ」

わからないから教えてほしい、と隆二が素直に打ち明けると、意外にも周囲の人たちはいろいろなことを教えてくれた。ときには馬鹿にされることもあるが、そういう人間とは距離を取ればいい。下らない陰口につき合っている暇はない。やることは山積みだ。

今はほとんど休みなしでアルバイトを入れているため難しいが、生活が落ち着いたら道信の店も手伝いに行きたい。力哉や清正たちのことも気になる。勉強もしたい。まずどんな資格があって、自分には何が必要なのか調べなければ。

「金堂君って若いのにしっかりしてるけど、なんか将来夢とかあるの？」

尋ねられ、隆二は曖昧に首を傾げる。

夢というほどではないが、ぼんやりと考えていることはある。アルバイト生活から抜けられる見込みもない今は、口にするのも気恥ずかしくて言葉にできないが。

夢が明確な形にならなくても、いつかは、と思うだけで腹の底に小さな熱が灯るような気がする。今まで知らなかった気持ちだ。

田原のようなバイト仲間とたまに情報交換をしつつ、いくつかの仕事をかけ持ちして家に戻る。夜中に帰るときもあれば真昼に布団にもぐり込むこともある。生活は不規則だ。帰り道は体が重い。疲れ果てて泣きたくなるときもあるが、道信や青柳たち商店街の面々からかけられた「頑張れ」「いつでも戻ってこい」という言葉に何度も背中を支えられた。

アパートに戻って布団に倒れ込むと、シーツや枕カバーから甘い匂いが立ち上る。ほっとするのに泣きたくなる、懐かしい匂いだ。

生活費をぎりぎりまで切り詰め、暖房の類も一切かけずに暮らしている隆二だが、一つだけ自分に許した贅沢がある。柔軟剤だ。

ドラッグストアで売っているそれは、他の柔軟剤と比べると百円以上も値段が高い。たかが百円、されど百円。十円、二十円を切り詰めている隆二にとっては簡単に看過できない額だが、月に何度も買うようなものでもないしと言い訳をして購入し続けている。

香水よりも柔らかく、安い柔軟剤よりも甘く香るこれは、道信の店で暮らしていた頃、春川が使っていた柔軟剤と同じものだ。

最後に春川の顔を見てからもう三ヶ月近く経つというのに、未だに隆二は春川を忘れられないし、好きだと思う気持ちも捨てきれない。かつて春川がまとっていた匂いに包まれると、切ないばかりでなく安堵もした。

断腸の思いで春川の名刺を捨てたくせに、こんなことをしていたら未練が消えるわけもないなと自嘲しながら、隆二は今日も春川と同じ匂いのする布団を抱きしめて眠った。


三月に入ってから一週間も経つと桜のつぼみも大きくなって、枝の先でちらほらと花が咲き始めた。

すでに終電もなくなった深夜、ファミレスのアルバイトを終えた隆二は気の早い夜桜見物をしながらアパートに戻る。築四十年の木造アパートの、一階角部屋が隆二の部屋だ。

前方にアパートが見えてきて、歩きながら鍵を取り出した。明日は朝からコンビニのバイトだ。夕方からは居酒屋のシフトに入って、帰りは明け方になるだろう。

建築現場の仕事より肉体的に楽になるかと思ったがそうでもないな、などと思いながらあくびを嚙み殺す。涙で視界が曇って、だから自室の前に誰かが立っていることに気づくまでに少し時間がかかった。

部屋のドアに凭れて立つ人影を見て、隆二はぴたりと足を止める。

古いアパートは廊下の電気も切れかけていて、部屋の前に立つ人物の目鼻立ちまではよくわからない。ただ、遠目にスーツを着ていることと、相手が男性であることはわかった。

携帯電話で時刻を確認する。すでに深夜の二時近い。誰だか知らないが、こんな時間まで隆二の帰りを待っているなんて尋常ではない。

瞬時に頭をよぎったのは、子供の頃自宅の前に張りついていた借金取りの姿だ。

今はどこからも金など借りていないはずだが、もしや父親の借金が残っていたのだろうか。本人が亡くなって、それで息子である自分のもとに取り立てにやってきたのでは。

（ま、まず……話を聞いて、どこかに相談を……）

必死に自分を落ち着かせようとしていたら、部屋の前に立っていた男がこちらを見た。夜道で携帯電話など取り出したせいで、画面の光が男の目についてしまったらしい。

次の瞬間、ドアに背をつけていた男がいきなりこちらに向かって走ってきた。

隆二はとっさに踵を返し、アパートとは反対方向に駆け出していた。

追われると逃げたくなるのは本能に近い。走りながら、もしかすると相手は借金取りではなく、以前勤めていた建設会社の人間ではないかと思った。火事のどさくさに紛れて逃げ出した隆二を追いかけてきたのではないか。

悪い想像ばかり膨らんでしまって逃げる足を止められない。誰かに助けを求めたいが、こんな真夜中に外を歩く人などほとんどおらず、隆二と男の足音だけが夜道に響く。

だんだんと背後の足音が近づいてくるのがわかって必死で走るが、深夜まで仕事をしていた体は疲弊しきっていて足がもつれる。

大きな公園の前を通りかかったとき、とうとう男に腕を掴まれた。

力任せに振り払おうとして、振り返ったところで男が口を開いた。

「隆二君！」

聞き覚えのある声が耳を打ち、隆二は頬でも打たれたような顔で動きを止めた。

隆二の腕を掴み、肩で息をしている男の顔が外灯の光に照らし出される。一般人の中にあっては異質なほどに整った顔を見上げ、隆二は呆然と呟いた。

「……春川さん？」

必死の形相で隆二の顔を覗き込んできたのは、春川だった。

春川は空気と一緒に何かを呑み込むように喉仏を上下させ、無言で隆二の腕を引いて近くの公園に入っていった。突然のことに状況が把握できないまま、隆二も引きずられるようにして春川に続く。

「は、春川さん、どうしてここに……。まさか、じいちゃんに訊いて……？」

「いや、中井さんにも訊いたけど教えてもらえなかった」

「じ、じゃあ、どうやってここが？」

問いかけると、公園の奥にあるベンチの前でようやく春川が足を止めた。

「探偵を雇った。興信所も。人捜しをしてくれるところは全部頼って、東京中を捜し回った。よかったよ、君が都内にいてくれて。もっと遠くに逃げられたらさすがに捜し出すのに時間がかかっただろうから」

「……は？　俺を捜すために探偵なんか雇ったのか？　馬鹿じゃないか⁉」

「馬鹿は君だろう！」

夜の公園に春川の怒声が響く。振り返った春川の表情は怒気を孕《はら》み、額に青筋まで浮いていた。いつも飄々と笑っている春川からは想像もつかない剣幕に怯んで言葉を呑むと、春川が続けて吠《ほ》えるように叫んだ。

「好きだって言ったぞ、僕は！」

春川の勢いに気圧され、隆二は逃げるのも忘れてその場で足踏みをした。

「そ、それは……言われたけど」

「なのにどうして逃げたんだ、君の気持ちは嬉しいとも言ったじゃないか……！」

「う、嬉しいけど、無理だって……そう言うつもりだったんだろ？」

「違う！　君の気持ちをちゃんと見定めてほしかっただけだ！」

春川はもどかしそうに身をよじり、隆二の腕をぎりぎりと握りしめる。

「僕と一緒にいたとき、君は凄く不安定な状況にあっただろう。中井さんは入院したきり帰ってこないし、商店街の人たちからは疑いの目を向けられてる。子供たちだってあれこれ問題を抱えて、君自身これからの生活がどうなるのかわからなくて不安なときに僕が現れた。頼りにしたい気持ちを恋と勘違いしていないかよく考えてほしかったんだ」

口早にまくし立てられ、隆二は目を瞬かせる。

「そ、そんな理由で、勘違いしないだろ……」

「するよ。君に看病してもらったときつくづく思った。弱っているときそばにいてくれた人には、こんなに寄り添いたくなるものなんだなって。あの時点で僕はもうとっくに君を好きになってたけど、駄目押しの一手を食らった気がしたんだ。同時に怖くもなった。ここで君を口説き落としたとして、君は本当に僕が好きなのか、ただ頼ってるだけなのかわからないって……」

「ま、待て！　今なんか……なんだ、お、俺のこと、好きになってた？」

さらりと口にされたのでうっかり聞き逃しそうになってしまった。まさかとうろたえ口を挟んだ隆二に、春川は何を今更とばかり言い放つ。

「好きだよ。僕はもともと恋愛対象に男女の別がない。でも君に対しては、自分の恋愛感情を認めるまでに時間がかかった」

硬直する隆二の目を覗き込み、春川はその奥にあるものを見定めるように目を眇《すが》める。

「君の境遇を知ったとき、そんな過酷な人生を歩んでるのに変にひねたり自棄《やけ》になったりしていないところに感心した。ちょっと口が悪くてぶっきらぼうだけど、実は素直で単純なところは可愛いと思った。自分の方がよっぽど崖っぷちの生活してるくせに、子ども食堂に来る子供たちを本気で心配してるところが放っておけなかった。すぐに好きだなって思ったよ。でもこれは恋か同情かどっちだろうって、少し迷ったのは本当だ」

「同情……」

「そうじゃないことはもう自覚済みだ」

隆二の言葉を遮り、春川が一歩前に出る。

「君が好きだ。警戒心が強そうに見えて脇が甘いところも、とっつきにくそうでいて実はお人好しなところも、辛い状況にへこたれない前向きなところも、ずっとそばで見ていたいと思う」

次々降ってくる口説き文句にうろたえて、隆二は春川が近づいてきた分だけ一歩下がる。

春川はそれを無理に追うことはなく、代わりに苦しげに眉を寄せた。

「でも君は僕よりずっと年下で、まだ十代で、いろいろな感情を履き違えてしまうんじゃないかって心配だったんだ。だからまずは君と距離を置いて、君の生活が安定したら改めて会いに行くつもりだった。中井さんが帰ってきて、商店街の人たちも君を受け入れてくれて、君の心がすっかり安定して、それでもまだ僕のことを好きだって言ってくれるなら、そのときは改めて告白しよう。そう思ってたのに」

隆二は春川の顔を見上げたまま微動だにできない。まさか春川がそんなことを思って隆二の告白に言葉を濁したなんて考えたこともなかった。

（じゃあ、春川さんも俺のことが……？）

本当だろうか。嬉しいよりも疑ってしまう。何しろ一度盛大に告白が空振りしているのだ。あのとんでもない羞恥と絶望をそう簡単に忘れることはできない。

未だに自分の腕を摑んで離さない春川の手に視線を落とし、隆二はぼそぼそと反駁《はんばく》する。

「でも、あんた全然店に戻ってこなかった、から……」

「すまなかった。親子喧嘩が予想外に長引いた」

「喧嘩？」とオウム返しした隆二の前で、春川は自分を落ち着かせるように深い溜息をついた。

「僕が家出した理由、まだ話してなかったね？」

「き、聞いてない……」

「父が病を患って倒れたんだ。今は病状も回復したけど、倒れた直後はかなり危ない状況だったらしい。すぐに父の秘書から連絡があった。意識が朦朧とした状態で、父が僕を呼んでいるって聞いた瞬間、凄く――腹が立ったんだ」

当時のことを思い出したのか、春川の頬が青ざめる。隆二は怒ると頭に血が上るが、春川は逆に血が引くタイプらしい。目の奥に、ひやりとするような怒りがちらつく。

「父は家庭を一切顧みなかったけど、事業だけは大成した。おかげで僕は何不自由ない生活ができたし、気がつけばもう三十歳だ。父と会えばそれなりに会話もするし、親子のわだかまりはもうない。そう思ってたのに、全然違った。僕が風邪をひいたとき自分は見舞いにも来てくれなかったくせに。そう思ったら、忘れていたはずの小さな不満がどんどん溢れて止まらなくなった。だってずるいじゃないか、自分の具合が悪いときばかり。僕だって、風邪をひいたときは心細くて誰かにそばにいてほしかったよ」

春川の言葉はどんどん熱を帯びていく。本気で憤っているようだ。

隆二は呆気にとられたまま、掠れた声で春川に尋ねた。

「まさか、家出の理由ってそれだけか……？　父親の見舞いに行きたくなかったから？」

むすっとした顔で頷く春川を見て、肩からずるずると力が抜けていくのを感じた。

春川は大企業の跡取り息子で、きっと自分のような平民には想像もつかないトラブルを抱えて下町に身を隠しているのだと思っていた。でも実際は、どこの家でもありそうな親子喧嘩が理由で家を飛び出したのか。

まったく違う世界に住んでいると思った人が、垣根を隔てた向こう側にいる人くらいまで距離が近づいた気がして気が抜ける。そんな隆二の顔を見た春川は、呆れられたとでも思ったのか早口でまくし立ててきた。

「自分でも子供っぽいことをしてる自覚はあったよ。だけど感情が全力で父親を拒否してどうしようもなかった。自分の気持ちを制御できないことは初めてだったんだ。でもこんな馬鹿みたいな理由で父親に会いたくないなんて、自分の秘書にすら言えなかった」

誰かに不満を打ち明けることもできず、半ば自棄になって会社を飛び出し、普段は乗らない電車に乗り込んだ。慣れたビジネスホテルに泊まらなかったのは、秘書から隠れるためというより、出張に来たような気分になって冷静になってしまいそうだったからだ。

どうせなら普段は泊まり慣れていない民宿のようなところはないだろうかと商店街をさまよい、辿《たど》り着いたのが中井食堂だった。

「父はすぐに手術を受けて病状は落ち着いたって秘書からメールが来たけど、無視を決め込んであの食堂からリモート出勤を続けた。そうやって意固地になって、完全に帰り際を見失っていたとき、君に親子喧嘩をしてこいって言われたんだ」

わだかまりは放っておいても決して解けないのだと諭された気分で、素直に家に帰ろうと思えた。だから秘書に引きずられるようにして食堂を出た後、春川は会社に行く前に、まず父親の病室に乗り込んだらしい。

「ベッドの上の父親と、本気の親子喧嘩をしたよ。最初は青白い顔をしていた父も、僕に好き勝手言われて腹が立ったんだろうね。いかにも弱った老人みたいな顔をしていたくせに途中からとんでもない勢いで言い返してきて、最終的に医者と秘書に止められた。でも、あの喧嘩がカンフル剤になったのか父はすぐに退院したよ。それどころか、倒れる前より精力的に仕事をしてる。退院までには一応和解みたいなこともできたし、僕も父と一緒に仕事をする機会が増えた」

喋り続けて息が続かなくなってきたのか、春川はそこでいったん言葉を切った。大きく息を吐いて、声の調子を静かなものに変える。

「親子喧嘩をしろって背中を押してくれた君には感謝してる。子供の頃の話だからって大人ぶって不満を呑み込んでいたら、僕はきっと一生父を許せなかったと思うから」

「そ、そんな、大それたことは、何も……」

隆二の腕を摑んでいた春川の指が緩んで、手首の方へ移動する。そのまま右手を取られ、動揺して言葉尻がうやむやになった。

「三日で帰るつもりだったんだ」

隆二の手を両手で包み込んで、春川は真剣な表情で言った。

「でもいざ帰ってみたら思った以上に仕事が溜まっていて、挙句一度失踪したものだから秘書の監視の目が厳しくなって、年が明けるまで君に会いに行けなかった。せめて電話かメールで連絡を取りたかったけど、僕は君のアドレスを知らないし、いくら待っても君からの連絡はない」

引っ越し前、春川の名刺を駅のホームに捨ててしまった隆二は後ろめたくて春川の目を見返せない。

「年が明けてようやく中井さんの店に行ってみたら君はもう引っ越した後で、中井さんは頑として君の居場所を教えてくれなかった。その理由も明かしてくれない。この二ヶ月、食堂に通い詰めたよ。子ども食堂の日は必ず行ってボランティアの仕事も手伝った」

「こ、子ども食堂のボランティア？　春川さんが？」

「やったよ。子供たちのことが心配だったし、うちの会社で支援もしたい。何より、君が店に戻ってくるかもしれないから。子供たちにも味方になってもらって、何度も中井さんに頭を下げて、ようやく僕には引っ越し先を教えないように君から口止めされてることを中井さんに教えてもらったんだ」

だんだんと声を小さくした春川は、隆二の手を両手でしっかりと包んだままぽつりと呟いた。

「どうして僕から離れようとした？　中井さんが戻ってきて、生活も安定して、やっぱり僕に恋なんてしてなかったって、目が覚めた？」

青白い公園の外灯に照らされた春川の顔はどこか傷ついているように見えて、隆二はとっさに春川の手を握り返した。

「違う……！　そうじゃなくて、戻ってくるわけないと思ったんだ。あんたが俺のことなんて、好きになってくれるわけないと思った……」

今でさえ、隆二は春川の言葉を全面的に信じることができずにいる。春川がわざわざ自分を捜して会いに来てくれたのに、喜びよりも戸惑いの方が大きい。こうして手をつないでいてもなお、次の瞬間春川の手がするりとほどけていく気がして怖かった。

「あんたのこと、待てなかったんだ。怖くて。待ってる間はやっぱり、期待するだろ。期待して、でも思った通りにならなかったらがっかりするだろ？　俺、期待して何かやっても、上手くいったためしなんてほとんどないから……」

家を出ていった母親は帰ってこなかった。ようやく就職できた会社はブラックで、給料の半分は寮費だの食費だのに消えて自由に外出もできなかった。道信と一緒に生活をするようになって、今度こそ何か変わるかと思った矢先に道信が事故に遭って入院した。

そんな経験を繰り返すうち、水を含んだ重い泥のような諦観がべったりと背中に張りつくようになった。だから今回も、と言いかけた隆二の言葉を、春川の溜息が遮る。

「理由はそれだけ？　僕のことを嫌いになったわけではなく？」

「き、嫌いになんて……」

「まだ好きでいてくれたの」

春川は目を伏せたまま畳みかけるように問いかけてくる。

春川に摑まれた手が、今更のようにじわりと熱くなった。改めて口にするのは照れくさかったが、春川への恋心がまだ消えていないのは事実だ。無言でこくりと頷いてから、春川が目を伏せていることに気づいて「うん」と小さく声に出す。

春川はしばし沈黙してから、ゆっくりと隆二の手を放した。

「君が恋心だと思っているそれは、依存心かもしれない。僕に対する感情も恋愛感情じゃなく、強い親愛や信頼に基づくものかもしれない。その可能性は考えた？」

「え……、それは」

「――なんてことを、大人ぶった顔で諭そうと思ってたんだ。君と別れたあのときは」

春川に摑まれていた手が自由になって、冷たい風が手の甲を撫でる。離れていく手を思わず追いかけようとしたら、長く目を伏せていた春川がこちらを見た。

怒ったような顔に怯んで指先が硬直する。そんな隆二をまっすぐに見て、春川はきっぱりと言った。

「君の気持ちを尊重しようと思ってた。君はまだ若いし、僕はそれなりに大人だから。でも、もうやめる」

突き放すような言葉は、隆二の胸につららのように深く食い込んで息が止まった。

何か言わなければと焦って口を開いてみたが、どんな言葉も出てこない。それより先に、大きく足を踏み出した春川にこれ以上ないほどの力で抱きしめられたからだ。

目を見開いた隆二の耳元で、春川が口早に告げる。

「僕は全力で君を囲い込むぞ。なんでも頼ってくれ。僕がいなくちゃ生きていけないくらい甘やかしてやる。勝手に悪いことばかり考えて姿を消した君の気持ちなんてもう考えてやらない」

鼻先を甘い匂いがよぎって、春川の匂いだ、と思った。中井食堂で春川と過ごした一月足らずの記憶が土砂崩れを起こしたようにドッと蘇って、一瞬で視界がぼやける。

「僕がどんな気持ちで君からの連絡を待ってたかなんて、考えたこともないんだろう……!」

春川の声も息遣いも酷く乱れている。隆二を抱きしめる肩も小さく震えていて、それを見たら目の縁に溜まっていた涙がぽろりと落ちた。

(信じればよかった)

信じて伸ばした手を振り払われたらと思うと怖くて、自分から誰かに手を伸ばすことがどうしてもできなかった。落胆したくなかったし、傷つきたくなかったからだ。

でも、隆二とは逆の立場にいる人間にだって感情はある。

差し出した手を取ってもらえなかった相手もこんなふうに傷つくのだと、そんな当たり前のことにようやく思い至って隆二はくしゃりと顔を歪めた。

親子喧嘩を終え、道信の店に戻ってきたとき、隆二がいないことを知った春川は何を思っただろう。必ず戻ってくる、君の力になりたいと訴えた言葉を踏みにじられたようには感じなかっただろうか。

「……ごめんなさい」

隆二はふらふらと手を伸ばし、春川の背中に腕を回した。思い切ってその体を抱き返すと、腕の中でわずかに春川が硬直する。一拍置いて春川の体から力が抜け、隆二の肩に顔をすり寄せるような仕草をした。

「僕こそ、すぐ君に会いに行けなくてごめん」

隆二を抱き寄せる力を少しだけ緩め、春川がこちらの顔を覗き込んでくる。もしかしたら春川も泣いているのではと思ったが、滑らかな頬は濡れていない。瞳ぐらいは潤んでいるかもしれないが、薄暗い公園ではそれも判然としなかった。自分ばかり泣いているのが恥ずかしくて俯こうとすると、濡れた頬に唇を押しつけられる。

柔らかな唇の感触に驚いて動きを止めると、至近距離で春川と目が合った。長い睫毛を瞬かせ、春川がわずかに目元を緩める。

「隆二君、好きだよ。もう手加減なしで、持ちうる限りの財力と人脈と手段を使って君を引き留めようと思うくらいには」

なんだか大仰な告白だ。隆二も少しだけ笑って、俺も、と掠れた声で返した。

「俺も、あんたのこと好きだ」

以前同じことを言ったときは春川に困ったような顔をされ、口にするのではなかったと

死ぬほど後悔した。でも今、春川は目尻を下げて心底嬉しそうに笑ってくれる。

「君がまだ僕のことを好きでいてくれるって、信じて東京中を捜し回ったかいがあった」

今度は額に春川の唇が降ってくる。くすぐったいほど優しいキスを受け止めて、隆二は改めて思った。

(ちゃんと信じよう)

春川はまた戻ってくると明言していたし、隆二の気持ちは嬉しいとも言ってくれていた。それを素直に信じていたら、何ヶ月も春川を奔走させる必要もなかったのだ。

(相手を信じて、自分も信じてもらえる人になろう)

目を上げると、目元に笑みを含ませた春川と視線が交わった。

「キスしていい?」

唐突な問いかけにぎょっとして、「そ、外だぞ……」と上ずった声で隆二は返す。

「こんな夜中じゃ誰も来ないし、見てないよ」

楽しそうに弾む声を久々に聞いたら、突っぱねる気が失《う》せてしまった。いいとは言えないまでも拒否せず口ごもっていると、唇に掠めるようなキスをされる。

んぐ、と妙な声を出してしまった隆二を見て、春川は忍び笑いを漏らした。

「もしかして、ファーストキス?」

「……うるせぇ」

「否定しないんだ。相変わらず凶悪に可愛いね」

凶悪と可愛いが一文に収まるのはなんだかおかしい気がして眉を寄せると、春川の指先に顎をすくわれ、もう一度唇にキスをされた。またすぐ離れるのかと思いきや、今度はちらりと唇を舐められて肩が跳ねる。

唇を重ねたまま春川が笑ったのがわかって、元来の負けん気が頭を擡《もた》げた。翻弄《ほんろう》されるばかりなのも癪《しゃく》なので、思い切って春川の唇を舐め返す。子猫がミルクを飲むような仕草になってしまったことを自覚していないのは本人ばかりだ。

舌を引っ込める前に、大きな舌でざらりと唇ごと舐め上げられて息を呑んだ。後ろに足を踏み出したものの、腰に春川の腕ががっちりと回っているせいで逃げられない。薄く開いた唇から春川の舌が忍び込んできて、慌てて春川の胸に縋りつく。

喧嘩なら山ほど仕掛けられてきたが、キスを仕掛けられるのは初めてでどう対処したらいいのかわからない。戸惑っているうちに春川の舌が口内に深く滑り込んでくる。

「ん、ん……ぅ……」

舌先を絡め取られ、上顎を舐められて鼻から抜けるような声が漏れた。自分でも驚くほど甘い声が出てしまい、一気に体が熱くなる。

口内を蹂躙《じゅうりん》した春川がようやくキスを解いてくれたときは、軽く息が上がっていた。

「く、くそ……こっちが経験ないからって、好き勝手しやがって」

濡れた唇を手の甲で拭って春川を睨んでみるが、顔中赤くしていては迫力もない。

春川は凝りもせず隆二の顔に唇を寄せ、困ったねぇ、と囁く。

「君は本当に、警戒心が強そうな振りをしてガードが甘いから心配だ。ちょっと迂闊《うかつ》なところもあるしね。駄目だよ、つけ入る隙を見せたら」

「見せてねぇよ」

「本当かな。このまま家に帰すのが心配だ。また逃げられても困るし、今夜は僕の部屋に来ない？」

春川は互いの鼻先をぶつけるようにして隆二の顔を覗き込んでくる。

深いキスを仕掛けられた直後だ。このまま春川のテリトリーに足を踏み入れたら何が起こるか、恋愛経験に乏しい隆二だってなんとなく想像はつく。裏を返せばなんとなく程度の知識しかない。返事に迷っていたら、春川がにこやかにこう言い添えてきた。

「無理強いはしないよ。僕は悪い大人じゃないからね。怖かったら今日のところは君の家まで送ろう」

宥《なだ》めるような口調にむっとして、隆二は「は？」と低い声を出す。

「怖いってなんだよ。誰がそんなこと言った」

「だって不安そうな顔してるじゃないか」

「してねぇよ。行けばいいんだろ、あんたの部屋。連れてけよ」

春川はおかしそうに唇を緩め、ほら、と隆二の頬を人差し指の背で撫でる。

「そういうところが心配なんだよ。あの食堂で一緒に生活してたときも、何度手を出してしまおうと思ったか」

春川は笑っているが、こちらを見る目の奥に熱が灯った気がして心臓が跳ねた。

一体いつから春川は自分をそういう目で見ていたのだろう。腰に回されていた腕が解かれ、代わりに右手を掴まれた。男同士で手をつなぐことに頓着しないのか、春川はそのまま隆二と公園を出て大通りに向かう。

「タクシーで行こう。この時間なら三十分くらいで着くかな。嬉しいよ、君から僕の部屋に来たがってくれるなんて」

いや、それは、と隆二は口ごもる。連れていけ、とは言ったものの、あれは売り言葉に買い言葉だ。隆二からせがんで春川の家に行くことになったわけではないはずだが。

いつの間にか言質を取られている。そう気がついたのは駅前でタクシーを拾ったときだ。そういえば、自分は悪い大人ではないけれどずるい大人だと春川はずっと明言していたなと、車に乗り込んでから思い出す。

後から車に乗った春川が、笑顔で隆二の手を握りしめてくる。どうやら最初から隆二をアパートに帰す気など微塵《みじん》もなかったらしい。

観念して、隆二も照れ隠しの仏頂面で春川の手を握り返した。

生まれてこの方、タワーマンションの三十八階から眺める景色など目の当たりにすることはおろか想像したことすらなかったが、率直な感想は、人が住む場所ではない、の一言に尽きる。

春川が暮らしているという3LDKのマンションは、リビングの窓から都心の夜景が一望できた。視界に収まらないほどの大パノラマは、一般人から見物料が取れるレベルだ。

部屋が広いのはもちろん、ソファーやテーブルなどの家具もやたら大きく重厚感がある。テレビは隆二の膝から胸まですっぽり隠すほどの大きさで、音響機器も完全完備だ。個人の部屋というより大型家具店や家電量販店の一角にいる気分になって落ち着かない。

豪奢な部屋にすっかり萎縮している隆二に、春川は「まずはシャワーでも浴びておいで」と声をかけてきた。

このときばかりは豪勢な部屋に対する気後れも吹き飛び、やはりそういう流れかと覚悟を決めて風呂に向かった。

入れ替わりに風呂場へ向かった春川を見送り、隆二は心を決める。この先どんな展開が待っていても、春川を信じて進もうと。

そこまでの決心をしていたのだ、自分は。それなのに。

「それじゃお休み、隆二君」

シャワーから出た春川はベッドに入るなり、恋人同士が交わすにしては朗らかすぎる声で告げて目を閉じた。隣に横たわる隆二と手をつないで、パジャマのボタンはきっちり一番上まで閉めたまま。

「——いや、なんでだよ！　普通寝ないだろ、この流れで！」

緊張しきって息すら詰めて寝室までやって来た隆二は、春川の手を握りしめて声を張り上げる。

室内に春川の柔らかな笑い声が響き、寝返りを打ってこちらを向く気配がした。

「だって、がちがちに緊張してる君に手を出すのは忍びなくて」

「……こんなときまで子供扱いするな。こっちは覚悟決めてきたんだぞ」

隆二も首を巡らせて春川の方を向く。緊張して声が潰れたが、目は春川から逸らさない。睨むような視線を受け止めた春川は、弱り顔で隆二に身を寄せてきた。

「本当に、君みたいな子が今日まで無事でいられたのが奇跡だな」

「馬鹿で単純だからか？」

「一生懸命で可愛いからだよ」

春川が身を乗り出してきて、隆二の鼻先にキスをする。思わず目をつぶると、ふっと笑った春川の吐息が頬にかかった。

「怖くなったら言ってね？」

「……だから、子供扱いすんな」

ぼそぼそ反論していたら春川にキスで唇をふさがれた。

隆二は自分も春川の方に寝返りを打って、大人しく目を閉じる。

マンションに着いてから、春川は隆二の頬や髪や唇に何度も唇を寄せてきた。おかげで触れるだけのキスならばもう身構えずにいられる。だが、唇の隙間を春川の舌が割って入ってきたときは、さすがに体がびくついた。

「ん……」

背中に春川の腕が回され、隆二の緊張を解くように軽く背を叩かれる。子供を宥めるようなその仕草にむっとして、隆二は思い切って自ら春川の舌に自身のそれを絡ませた。

ぎこちなく舌を動かしていると、春川が誘うように舌を引いた。追いかけて舌を伸ばしたら柔らかく吸い上げられて、舌先を軽く噛まれる。

「ん……っ」

背中を叩いていた春川の手の動きが止まったと思ったら、指先でゆっくりと背骨を辿り下ろされて背筋が反った。舌先はあっという間に押し戻されて、口の中で好き勝手に春川の舌が暴れ回る。

背骨を辿っていた指先はさらに下り、尾骶骨《びていこつ》に至って腰が跳ねた。密着していたせいで互いの下腹部が触れ合う。

まだキスをしたばかりだというのに、すでに昂《たか》ぶり始めている自分が恥ずかしい。春川にばれたくなくて逃げようとしたが、逆に腰を抱き寄せられて下肢を押しつけ合うような格好になった。

「ん、ぅ……ん……っ」

ゆるゆると腰を揺らされ、鼻から抜けるような声が漏れた。春川自身もすでに兆していて、そうとわかったら一気に腰に熱が集まった。

息が上がって、深いキスがだんだん苦しくなってきた頃、ようやく春川がキスから解放してくれた。唇はまだ痺《しび》れたようで、もつれた舌では上手く喋ることもできない。肩で息をしていると、背中に回されていた春川の手が移動して、隆二の下腹部に触れた。

すでに隠しようもなく屹立《きつりつ》したものを服の上から撫でられて、隆二は耳まで赤くする。

「わ、ば、ばか……っ！」

「ん？　だって苦しそうだったから」

大きな掌で軽く握り込まれただけで背筋にぞくぞくと震えが走った。ゆるゆると扱《しご》かれて声が出る。

「あ、あ……、あ……っ」

他人に触れられたのは初めてだ。次にどう動くか予測できないことがこんなにも快感を煽ることも初めて知った。

震える指を伸ばして春川の腕に触れ、縋りつくように握りしめる。肩で息をしてなんとか快感をやり過ごしていると、額に柔らかく唇が押しつけられた。

「本当に慣れてないんだね。困ったな。可愛くてこっちまで余裕がなくなりそうだ」

言葉に反して春川の口ぶりからはまだまだ余裕が感じられる。それがなんだか悔しくて、隆二は春川の腕に触れていた手を下ろし、自分も春川の下半身に触れた。

「うわ、ちょ……っ」

「お、俺だって、やられてばっかりじゃ、やだ」

何か威勢のいいことを言ってやろうと思ったのに、喉が震えてしゃくり上げるような声が出てしまった。上手く頭も回らなかったようで、出てきた言葉もなんだか子供じみている。くそ、と胸の中で悪態をついたら、春川にパジャマのズボンを下着ごと引き下ろされた。

「じゃあ、一緒にしようか」

何を、と尋ねる前に春川は自身の下着もずらし、剝き出しになったものを押しつけてくる。そのまま春川に手を摑まれ、互いのものをいっぺんに握らされた。上から春川も手を添えてきて、隆二の手ごと上下に扱き始める。

ひ、と隆二は息を詰めた。他人の体温を直接感じて腰が熱くなる。先走りが溢れてきて掌を汚し、ぬるついた感触に肌が粟立《あわだ》った。

荒い呼吸に短い声が交じる。春川はほとんど声を上げていないのに、自分ばかり声を抑えられないのが恥ずかしくて唇を噛むと、咎めるようにキスをされた。噛みしめた唇を舌先で辿られ、おずおずと口を開くと荒々しく舌が押し入ってくる。

「ん、ん……っ、んぅ……」

ぐちぐちと濡れた音が耳を嬲《なぶ》る。震える舌先を熱い舌で絡め取られて息まで吸い上げられそうだ。春川の手の動きは容赦がなくなってきて、根元から先端にかけて大きく扱き上げられると腰が抜けそうになった。

早々に限界が見えてきて春川の手を止めようとしたが、キスで唇がふさがれているため声を上げることができない。屹立を握る手も上から春川の手が重ねられているせいでどけることができず、隆二はなす術もなく身を震わせて吐精した。

隆二の体から力が抜けたことに気づいたのか、春川がキスをやめてこちらの顔を覗き込んできた。達したばかりで肩で息をしながら目を上げると、愛《いと》しくてたまらないと言いたげに笑った春川にキスをされた。直前までの荒々しさを感じさせない、触れるだけの優しいキスだ。

後始末をすべくベッドサイドに手を伸ばした春川を見詰め、隆二は口を開く。

「……あんたは？」

春川はまだ達していないはずだ。体に力が入らず、されるがままティッシュで春川に手を拭かれながら尋ねると、返事の代わりにまたキスをされた。挨拶のようなそれを唇で受け止めた隆二は眉を寄せ、むずかるように喉を鳴らす。

「続き、しないのかよ……」

「今日のところはね。無事に君を見つけ出すこともできたし、急ぐものでもないから」

春川の言わんとすることはわかる。春川はやけに自分たちの年の差を気にしているようだし、性急に事を進めないよう自制しているのだろう。

けれど隆二は、急ぐとか急がないとかそんなことより、春川が続きをしたいのかしたくないのかの方がずっと気になる。

不貞腐れて枕に顔を埋《うず》めると、嗅ぎ慣れた甘い香りがした。

「……これ、じいちゃんの店にいるときも使ってた柔軟剤だ」

ゴミ箱にゴミを放り込んだ春川が、「よく気がついたね」と振り返る。

「昔からずっと使ってるんだ。香りが気に入ってて」

「……うん、あんたの匂いだ」

枕に横顔を押しつけ、隆二はまだ熱の引かない目で春川を見上げた。

「俺も、一人暮らし始めてから使い始めた。上着とか脱いだときにこの匂いがすると、あんたのこと思い出すから。布団も……眠るとき、あんたがそばにいてくれるみたいで」

春川の顔からゆっくりと笑みが引く。その顔を見上げ、隆二は口元を布団で隠して尋ねた。

「本当に、続きしないのか……？」

春川は怖いくらい真剣な顔でこちらを見て動かない。固唾を飲んで返答を待っていると、
これ以上ないほど深い溜息をつかれた。

「今日くらいは、分別のある大人ぶって引き下がろうと思ってたんだけどなぁ……」

言い終わらないうちにベッドが揺れ、春川が隆二に覆いかぶさってくる。

「人が必死で摑んでる理性の手綱を、どうしてむしり取ろうとするの？」

目の前に春川の顔が迫ったと思ったときにはもう深く唇が重なっていた。春川の手が慌ただしくパジャマのボタンを外してきて、隆二もじっとしていられず春川の首を抱き寄せる。

「……っ、は、あ……っ、ぁ……」

キスがほどけた途端首筋にきつく吸いつかれ、喉元を甘く噛まれて身を震わせた。はだけた胸元に手を這《は》わされ、指先が胸の尖《とが》りに触れて脇腹が引きつる。

着ていたものをすべてはぎ取られ、恥ずかしがる間もなく指先と唇で全身に触れられた。

「あ、あ……っ、や、だ……や――……」

脇腹や腰や鎖骨に触れられ、キスをされ、性感帯とは程遠いそんな場所を刺激されただけでまた下腹部に熱が溜まる。恥ずかしくて身をよじると、自分も服を脱ぎ捨てた春川に

抱き寄せられた。

互いの胸がぴたりと重なり、脚が絡み合う。体の隅々から春川の体温が伝わってきて蕩《とろ》けてしまいそうだ。抱きしめられただけで息も絶え絶えになっていたら、春川にゆっくりと背中を撫で下ろされて喉がのけ反る。

「敏感すぎてちょっと心配だな……」

低い声で呟いた春川の体は汗ばんでいて、隆二は必死でその背に腕を回した。こんなところで切り上げられてはたまらないと思ったが、春川は隆二を突き放すどころか、同じくらいの強さで隆二を抱き返してきた。

「怖くなったら言ってねって最初に言ったけど、まだ大丈夫？」

隆二は春川の胸に顔を埋めたまま無言で頷く。腿に春川の屹立が当たっているのがわかって、怖いよりも安堵した。そろりと顔を上げ、おっかなびっくり春川に顔を寄せると察したようにキスが降ってきた。

春川はちゃんとこちらを見て、応えてくれる。こんな状態でなんの怖いことがあるだろうと、隆二は体の力を抜いた。

春川はベッドサイドに手を伸ばすと、チューブタイプのローションを取り出した。そんなものを使うのか、とぼんやり眺め、こういうものがすぐに出てくるあたりに春川の経験の豊富さを垣間《かいま》見《み》た気がして複雑な気分になる。

「……春川さん、何人ぐらい恋人いた？」

掌にローションを垂らす春川を黙って眺めているのも間が持たずに尋ねたら、「やきもち？」と悪戯っぽい顔で問い返された。別に、と答えた声は自分でもわかりやすく拗ねていて、恥ずかしくなって春川に背中を向ける。

忍び笑いを漏らした春川が、隆二を背後から抱き寄せてくる。

「本当に妬《や》いてくれたの？　嬉しいなぁ」

「そんなんじゃねぇし……」

「そう多くないよ。君で最後なのは間違いない」

どうだか、と言い返してやろうとしたのに、ローションをまとった指が窄《すぼ》まりに触れて声が引っ込んだ。

「……力を抜いていて」

耳の裏で吐息交じりに囁かれ、首筋の産毛が一斉に立ち上がった。長い指がゆっくりと肉をかき分け奥に入ってきて、腰の奥がぞわぞわと落ち着かない。

「あ、あ……っ、ぁ……」

喉の奥から意味をなさない声が漏れる。「痛い？」と問われて首を横に振った。ローションのおかげか痛みはほとんどない。ただ、異物感はごまかしようもなかった。

「怖いかな？」

隆二の首筋に唇を押し当てて春川が囁く。汗ばんだ肌に吐息が触れて、隆二は肩越しに春川を振り返ると小さく頷いた。だが、すかさずこうつけ加えることも忘れない。

「だからってやめんなよ……！」

嘘はつきたくない。でもここでやめてほしくもないという本音が入り混じり、焦って口調が喧嘩腰になってしまった。甘さの欠片《かけら》もない隆二の言い草に春川は目を丸くして、じわじわとその顔に笑みを滲ませる。

「隆二君は格好いいな。君のそういうところ好きだよ」

「う、うるさい……」

赤くなった隆二の耳に軽く歯を立て、春川はゆっくりと指を出し入れする。

「……ん、ん……っ」

「痛かったらすぐ言ってね。大丈夫、すぐやめるから」

隆二の耳元に唇を寄せ、春川は焦れったくなるほど緩慢に指を前後させる。少しでも隆二の体が強張ると首筋や肩に優しく唇を寄せ、不安になって振り返れば頬や唇にもキスをしてくれた。

片腕で春川に抱き寄せられ、甘いキスを受けながら何度も大丈夫だと囁かれて、だんだんと隆二の体から力が抜けていく。

（……なんか、溶ける、みたいな）

指を増やされ、息苦しさも増したはずなのに、春川に甘やかすようなキスをされるとどうでもよくなってしまう。体の強張りも、苦痛も、キスと体温で溶かされていくようだ。春先でまだ夜は冷えるはずなのに、薄い掛布団を一枚かぶったその下は蒸し暑いくらいで、隆二は息を荒らげた。

「は、春川さん……なんか、俺……っ、あ……っ」

ふいに奥を突かれて声が跳ねる。指の腹で内壁を柔らかくこすられ、臍《へそ》の奥がびりびりと痺れた。上ずった声を出す隆二の耳に、春川がぴたりと唇を寄せてくる。

「こんなときくらい、春川さんじゃなくて名前で呼んでよ」

「あ……っ、こ、航大……？」

自分でねだってきたくせに、春川は「覚えててくれたんだ」と嬉しそうに笑う。目尻を下げた笑顔を見たら胸が詰まった。無意識に春川の指を締めつけてしまって、腹の奥からまた甘い痺れが這い上がってくる。

「も、もう、いいから……あんたも、早く……」

「あんたじゃなくて名前がいいな」

まだ嬉しそうに笑っている春川を涙目で睨んで、隆二は背中を丸めた。

「……こ、航大、早く」

小さな声はきちんと春川にも届いたらしく、ゆっくりと指が引き抜かれる。起き上がった春川が隆二に覆いかぶさってきて、隆二も仰向けになり腕を伸ばした。春川の背中に腕を回して引き寄せる。春川も抗わず身を倒し、隆二の唇にもう何度目になるかわからないキスをした。

「まだ怖い？」

隆二の脚を抱え上げながら春川が言う。

ここで怖いと言ったらどうなるのだろう。春川のことだ、「じゃあ今日はここまで」なんて言って、隆二を抱きしめて眠ってしまうのだろう。

その光景が容易に想像できたから、隆二は迷わず「怖くない」と答えた。

「……本当？」

隆二を見下ろしてくる春川の方が、ずっと切羽詰まった顔をしている。ようやく春川の余裕を引きはがしてやったと思ったら妙な達成感すら湧いてきて、隆二は目元をほころばせた。

「航大、早く」

今度ははっきりと名前を呼ぶことができた。

喉の奥で低く唸った春川が、ゆっくりと腰を進めてくる。

「……ん、……んっ、んんっ」

狭い場所を押し広げられる痛みに呻いてしまいそうになって、隆二は必死に唇を噛んだ。

途中で春川が動きを止めようとしたことに気づいて、春川の背中に置いていた手を首に回して勢いよく引き寄せる。焦ったような声を出した春川の唇に思い切ってキスをすると、一瞬の間の後、噛みつくようなキスが返ってきた。

屹立がさらに深くまで押し入ってきて苦しい。キスで呼吸もままならない。でも、唇の隙間から漏れる春川の興奮しきった息遣いを感じると苦痛が薄らいでいくようだ。

「……っ、なんで煽るんだ、こんなタイミングで……！」

キスの合間に怒ったような口調で春川に言われたが、上手く返事をすることができなかった。そんなのいいからキスをしろと目顔で訴えれば、すぐに唇がふさがれる。唇ごと食べられてしまいそうで陶然とした。頭の芯に霞《かすみ》がかかったような状態で揺すり上げられ、体の奥が春川に絡みつくように収縮する。

「ん、ん……っ、ぁ、あ……、あぁ……っ」

重ねた唇がずれて、甘ったるい声が漏れてしまう。春川を受け入れた部分はひきつれるような痛みを訴えているし、息苦しさも相変わらずなのに、食い入るような目で春川に見詰められると体が輪郭を失ったようにぐずぐずになった。腹の底から甘く崩れて、突き上げられればもう声を抑えられない。

「あ、あ……っ、ぁ、んん……っ！」

滑らかな先端で奥を叩かれ、爪先に痺れが走った。隆二の反応を見た春川が繰り返し同じ場所を揺すり上げてきて、隆二の声に涙が交じる。

「あ、や、やだ、や、そこ……っ」

「痛い?」

「ちが、違う、変……っ」

「変?　変な感じ?　気持ちいいんじゃなくて?」

春川の低い声が耳朶《じだ》に触れ、尾骶骨から背骨に甘い痺れが走った。わけがわからなくなって首を横に振ると、春川が耳殻に歯を立ててくる。

「大丈夫、気持ちいいんだよ。ほら」

同じ場所を穿《うが》たれて隆二は体をのけ反らせた。気持ちいいね、と耳元で囁かれて思わず頷く。春川の声があんまり甘くて優しいので疑う気持ちが霧散した。そして一度頷いてしまえば、それは確かに事実のように思えてくるのだった。

「あ、あ……っ、い、いい……っ、ぁ……っ」

「気持ちいい……?　本当に、素直で可愛くて心配だな、目が離せない」

春川は息を弾ませながら呟いて、苦笑じみたものを口の端に滲ませる。

どういう意味だと問い返すだけの余裕はなく、されるがまま春川に揺さぶられる。固く抱きしめられると互いの腹の間で屹立がこすれ、間欠泉のような快感が噴き上がってきた。何度も爪先が跳ね、腹の奥がうねるように春川自身に絡みつく。春川の腰の動きも大きく

なってきて、蕩けた最奥を突き上げられて体が震え上がった。

「あ、あ、あぁ……っ！」

深々と穿たれ、敏感な先端を刺激されて、襲いかかる快楽の大波から逃れられず春川の首にしがみつく。息を詰めた春川にひと際大きく突き上げられ、隆二は声も出せずに全身を震わせた。

達した瞬間は自分の心臓の音も遠くなり、目の前が白くなった。爪先がシーツについているのかどうかもわからない。宙に放り出されたような感覚に不安を感じたが、春川に強く抱きしめられて体から力が抜ける。

何度か瞬きをしたら、ぼやけた視界の中で春川の肩が上下しているのが見えた。春川もいったのだろうか。まだはっきりしない頭で考えていたら、春川に顔を覗き込まれた。

「ごめん、夢中になって……大丈夫？」

大丈夫だ、と返したかったが、全身が水を吸ったように重く、声を出すのも一苦労だ。

隆二は返事の代わりに、唇に微かな笑みを浮かべる。春川もほんの少しだけ目を細め、隆二の額に張りついた前髪を後ろに撫でつけた。

「無理させてごめんね。隆二君、好きだよ。愛してる」

うお、と隆二は内心のけ反る。愛してる、なんて真顔で口にする日本人がいるのかと衝撃を受けた。そんなセリフ、テレビから流れてくる洋画の登場人物が口にしているのしか聞いたことがない。

(こういうセリフを躊躇なく口にしたり、思い立って蟹買ったり、人捜しに探偵雇ってみたり……やっぱりこの人、俺と全然住む世界が違うな)

隆二の額に春川が柔らかく唇を押し当ててくる。まるで童話に出てくる王子様だ。

本当に住む世界が違う。ずっとそう思ってきたし、だからこそいつか別れのときが来るのだろうと思っていた。

(でも、この人はちゃんとここにいる)

今も、この先も、きっと一緒にいてくれる。

笑顔でこちらを覗き込む春川の顔を見たら不思議と素直にそう信じられて、隆二は静かに瞼を閉じた。


隆二が暮らしている1Kのアパートは、玄関を入ってすぐ右手がキッチンで、奥に六畳間が一つある。家具はローテーブル一つ。布団や数少ない衣類はすべて押し入れに収まっているため殺風景なこと極まりない。

一階の角部屋は昼でもほとんど日が差し込まず、冬場ともなれば床から冷気が這い上がってくる。三月も終わり近く、ようやく寒さがぬるんだ今も夜は凍えるほど寒い。外から帰ってきた直後など、エアコンを入れてもなかなか室内が暖まらないのでしばらく上着を脱ぐことさえできなかった。

「いい加減、僕の部屋に引っ越してくればいいのに」

キッチンで湯を沸かしていたら、隣の部屋から不満げな声が響いてきた。トレンチコートを羽織った春川が、ローテーブルの前で寒そうに腕を組んでこちらを見ている。

「あんたが住んでるマンション？　あんなところで暮らせるわけないだろ」

「どうして。家賃も光熱費も僕が払うよ」

隆二は顔を顰め、だからだよ、と返す。春川に養ってもらうような形で何不自由なくあんな高級マンションに住んでいたら、あっという間にダメ人間になってしまいそうだ。

隆二と春川が再会してからすでに三週間が経ち、桜はすっかり散ってしまった。

あれ以来、春川は頻繁に隆二のアパートを訪れるようになったし、自分のマンションにも毎週のように隆二を連れていく。そして隙あらば隆二を自分の部屋に住まわせようとするのだが、隆二は頑としてそれを断っていた。アルバイトも変わらず続けている。

コンロにかけたやかんの湯が沸くのを待ちながら、隆二はようやく上着を脱ぐ。溜息をついたらすかさず春川から「久々の子ども食堂は疲れた？」と声をかけられた。

ローテーブルに肘をついた春川がこちらを見ている。直前まで子供のような不満顔をしていたのが嘘のように、隆二を見る表情は穏やかだった。

今日、一人暮らしを始めてから初めて道信の店に顔を出した。道信が戻ってきた子ども食堂は大人も子供も大賑わいで、道信はもちろん、手伝いに来ている商店街の人たちも忙しそうだった。

長く店に顔を出せていなかった気後れもあり、春川とともに緊張しながら店に入った隆二だったが、店にいた人たちは思いがけず盛大に隆二を歓迎してくれた。道信だけでなく、商店街の人も、店に来ていた子供たちもだ。

隆二は久々にカウンター内に入り、食堂を手伝いながらみんなの近況に耳を傾けた。

道信はその後も特に体調を崩すことなく、子ども食堂だけでなく通常営業も以前と変わらず続けているらしい。大学生のアルバイトや商店街のボランティアに支えられ、「お前がいた頃より仕事が楽になったくらいだ」などと笑っていた。春川の会社も周辺の子ども食堂を支援すべく着々と準備を進めているらしく、地域と会社の話し合いの場に引っ張り出されることも多いそうだ。

子供たちも元気そうで安心した。以前と変わらず旺盛な食欲で料理を平らげる子供たちの輪の中には、力哉と母親の姿もあった。

春川は隆二が店を出た後も足しげく中井食堂に通っていたそうで、道信と相談して力哉の母親に行政支援を紹介してくれたそうだ。もちろん、力哉の母親の自尊心を傷つけぬよう細心の注意を払って。話を切り出すまでに数週間かかったと春川は言っていたが、おかげで力哉は前より身なりが整っていたし、心なしか頬もふっくらしたようだ。

子ども食堂で再会した人たちの顔を思い出しながら隆二は答える。

「疲れたっていうか、みんな元気にやっててホッとした。清正にも会えたし」

清正は無事志望校に合格して、春から親元を離れ祖父母の家で暮らすことが決まったそうだ。今日はこの町を離れる前に、最後に道信や商店街の人たちにお礼を言いに来たという。店には清正の祖父母も来ていて、道信に丁寧に頭を下げていた。

清正も隆二と春川に気がついて挨拶をしてくれた。その顔にはこれまで見たことのなかった晴れ晴れとした笑顔が浮かんでいたものだ。

隆二はコンロの火を止めると、マグカップにインスタントのコーヒーを入れて奥の部屋へ向かう。ローテーブルの前では、春川が思案げな顔で目を伏せていた。

「なんだよ、辛気臭い顔して」

「いや……清正君はもう大丈夫なのかな、と思って。一応、大学に進学するなら給付型の奨学金もあるって教えてはおいたけど」

隆二は春川の隣に腰を下ろすと、カップを春川の前に置いてけろりとした顔で言った。

「大丈夫だろ、清正は頭いいから。高校は受かったんだし、この先もし一人で生きていかなくちゃいけなくなっても、多分どうにかなる」

コーヒーを受け取り、春川もやっとコートを脱いだ。とはいえ、隆二はエアコンの温度をかなり低くしているのでまだ寒いらしい。無意識のように隆二に身を寄せてくる。

「随分確信を込めた口ぶりだね」

「だって清正が合格した高校って超名門だろ？　立派な学歴になる。俺、ずっと就活してるけど中卒で正社員にしてくれるところなんてなかなかないから。やっぱり学歴って大事なんだなってつくづく思った。まあ、今更気づいても遅いけど」

苦笑してコーヒーを飲んだら、横からひょいと春川に顔を覗き込まれた。

「遅くないよ。今からだって高卒認定試験を受けたらいいじゃない」

「高卒……？」

「あれ、知らない？　れっきとした国家試験だけど」

国語、世界史、数学、英語の必須四科目に、日本史や地理など選択科目の四科目を加えた計八科目の試験に合格すれば、高校卒業と同等の学力を持つ資格保有者になれるらしい。

「高卒認定試験に受かれば大学にも通える。通信制の学校なんかもあるしね。そうしたら最終学歴は大卒だ」

今からでも学歴を更新できるなど夢にも思っておらず、隆二は何度も目を瞬かせる。

「でも、試験には金がかかるんだろう？　勉強も教わらなきゃいけないし……」

「高卒認定試験の受験料は一万円くらいじゃないかな。塾とか予備校に通うならそれなりに費用もかかるだろうけど、僕でよければいつでも勉強を教えるよ？」

名門高校を受験しようとしていた清正に難なく勉強を教えていた春川がサポートしてくれるならこんなに心強いことはない。降って湧いたような「大学」という単語に、心臓がどきどきと落ち着かなくなる。

「でも、通信大学はさすがに、それなりに金がかかるだろ……？」

「卒業までに何十万かはかかるだろうね。でもコツコツ貯金をしたらやってできないことはないと思う。ローンを組むぐらいだったら僕が貸してもいい」

「いや、あんたにそこまでしてもらうのは……」

「大丈夫、貸すだけだから。本当は全額払ってあげたいけど、隆二君はそういうの嫌なんでしょ？　利子はつけないけどちゃんと取り立てるから、責任もって返済してよ」

隆二の反論を見越したように言ってのけ、春川はにっこりと笑う。これは本気できっちり取り立てる顔だと納得して、隆二は話を進めた。

「いくら通信制っていっても大学に通うとなったら働く時間が減るだろ？　そんなことしてる暇があったら少しでも働いた方がいいんじゃ……？」

「でも、学歴がないと正社員にもなれないってさっき自分で言ってたじゃないか」

春川は一口コーヒーをすすり、カップの中に視線を落とした。

「本当なら、うちの会社で君を雇えたらって思ったけど……やっぱり中卒だと難しい」

「そりゃそうだ。いくらあんたが社長の息子だからって、さすがに無理だろ」

「君が陰日向《かげひなた》なく働ける責任感の強い人間だって僕はわかってるんだけどね。時間をかけて一人一人の人間性を判断してる暇なんて人事部にはないから、まずは書類選考になる」

カップをテーブルに置き、春川は改めて隆二の目を覗き込んだ。

「残念だけど、世の中にはそういう扉がたくさんある。最終学歴に、資格の有無、実務経験の有無。ドアをノックして初めて向こう側から声がかかる。僕はね、君には一つでも多くの扉を叩いて、開けてみてほしいんだ。大学に通うのだってその一環だよ。遠回りに見えても、やってみる価値はあると思う」

隆二は春川を見詰め返し、扉、と口の中で呟く。

これまで、自分と世間の間に見えない壁のようなものがあると幾度となく感じていたが、もしかするとそれは壁ではなくて扉だったのだろうか。体当たりしてもびくともしないそれに、実は取っ手があることを発見した気分で目を瞬かせる。

「……俺も、できると思うか？」

正社員になる、という遠いゴールに初めて道筋が立った。

春川はしっかりと隆二の視線を受け止め「もちろん」と笑う。と思ったら、急に真面目な顔になって身を乗り出してきた。

「そのためにも、もっと勉強に集中できる場所に引っ越した方がいいと思うんだけど。僕の住んでるマンションなら静かだし、部屋も空いてるよ？」

またその話か、と隆二は渋面を作ってみせるが、こんなにも自分のそばにいたいと思ってくれる春川の気持ちは嬉しくもある。だから少しだけ、口が滑った。

「……もし俺が、通信大学、受かったら」

「そうしたら一緒に暮らしてくれるの⁉」

わっと春川が身を乗り出してきて、とんでもない力で抱きしめられた。まだ高卒認定試験にすら受かっていないのに、隆二が引っ越すことが決まったような喜びようだ。

「俺、清正みたいに呑み込み早くないから多分全然勉強はかどらないぞ……」

そう釘を刺したが、春川は「いいね、教えがいがある」と楽しそうに笑うばかりだ。

「そういえば、隆二君は将来どんな仕事がしたいの？」

「え、なんだろ……。飲食関係……？」

「幅広いね。いろいろな可能性がありそうだ」

温かな手で肩を抱き寄せられ、髪に頬ずりをされ、隆二はごく自然に春川の肩に頭を預けた。春川にならこんなふうに無防備に寄りかかれる。そんな相手に会えた幸運を、物の少ない六畳間で隆二は嚙みしめる。

「……就職とは関係ないけど、夢があって」

何？　と春川が隆二に耳を寄せてくる。ぼんやりと胸に浮かんでいたそれを、隆二は初めて言葉にした。

「いつか俺も、子どもも食堂がやりたい。ボランティアで手伝うんじゃなくて、じいちゃんみたいに、全部自分で。食事だけじゃなくて、寝る場所も貸してやれるような」

「となると、シェルターも兼ねてるような施設かな」

「仕事しながらだと難しいかな。退職した後とか……？」

「老後の夢か。いいね、一緒にやろう」

ごく自然に、老後までともにいることが前提のような口ぶりで春川は言う。嬉しくて息が詰まった。それをごまかすように、隆二は意識して低い声を出した。

「それまでにあんた、もう少し料理作れるようになっとけよ」

「おにぎりならマスターしたよ。隆二君こそもうちょっと愛想よくしたらいいのに」

春川の肩に凭れ、「これでも努力はしてんだよ」と呟いて目を閉じる。

ほんの数ヶ月前まで、隆二は今日や明日をやり過ごすことに必死だった。それより先のことなんて考えている余裕はなかったし、見通しも立たなかった。

それなのに、三十年も四十年も先のことを、こんなにわくわくした気分で思い描ける日が来るなんて。

「……もっと頑張らないとな」

呟いたら、頭を預けていた春川の肩が揺れた。優しい笑い声が振動になって体に伝わる。

「隆二君はもう十分頑張ってるよ」

だから君は今ここにいるんじゃないか、と春川は笑って、涙の滲んだ隆二の目元にキスをした。

あとがき

理想のキーボード探しに夢中になっている海野です、こんにちは。

長年キーボードに対するこだわりは特になかったのですが、数年前ノートパソコンからデスクトップに買い替えて以来あれこれキーボードを買ってみるようになりました。

いくつか購入してみた結果、現在はキーを押したときカチカチ音がする青軸タイプを使っております。かなりうるさいので家の外で使うとちょっと睨まれそうですが、幸い家の中でしか使わないので楽しくカチカチやっています。キーを押した瞬間の「カチッ」という感触が好きです。

ところで皆さん、キーボードで作業をするときこんなことを思ったことはありませんでしょうか。ホームポジションをキープしようとするとどうしても肩が内側に入ってしまって、ちょっと苦しいな、と。

もっと肘を広げてタイピングできないもんか？　肘掛けに肘を置き、まっすぐ腕を伸ばして作業した方が楽じゃない？　胸も広がるし。ないの、そういうキーボード？　なんて探していたらあったんですよ、真ん中あたりで左右分割するキーボードが。右は「Y」「H」「N」、左は「T」「G」「B」を境に分かれます。もちろんくっつけて使うことも可能。しかも長らく探していた日本語配列！　さらにホームポジションに手を置いたまま十字キーが操作できるコンパクトな配置。最高。マクロ機能でキー配列の変更も可能。手厚い。

こんなのもう買うしかないでしょ！　ってことで即購入。早速知人のSEに報告したところ、「そんな頭のいかれたキーボードを買う人間が身近にいたとは……」と戦慄されました。いかれてないよ⁉

イロモノっぽく見えるかもしれませんが意外と調子いいです、分裂キーボード。でも探せばもっと理想に近いものがあるのでは、と未だキーボード探しは続けております。

そんなキーボードで執筆した今作ですが、イラストは笹原亜美先生に担当していただきました。今回、攻の春川の容姿を上げ気味に書いてたんですが、想像を軽々と超える美形をご用意いただき悶えました。い、イケメンセレブ……！　隆二も今時の若者っぽくていい！　二人並べるとさらにときめく！　とラフの段階で大分はしゃぎ回りました。笹原先生、素敵なイラストをありがとうございました！

そしてこの本を手に取ってくださった読者の皆様にも、心から御礼申し上げます。下町ですったもんだするセレブとヤンキーのお話を楽しんでいただけましたら幸いです。

それでは、またどこかでお会いできることを祈って。

海野幸

海野幸先生、笹原亜美先生へのお便り、
本作品に関するご意見、ご感想などは
〒101-8405
東京都千代田区神田三崎町2-18-11
二見書房　シャレード文庫
「下町暮らしのセレブリティ」係まで。

本作品は書き下ろしです

CHARADE BUNKO

下町《したまち》暮《ぐ》らしのセレブリティ

2022年10月20日　初版発行

【著者】海野幸《うみのさち》

【発行所】株式会社二見書房
東京都千代田区神田三崎町2-18-11
電話　03(3515)2311［営業］
　　　03(3515)2314［編集］
振替　00170-4-2639
【印刷】株式会社 堀内印刷所
【製本】株式会社 村上製本所

落丁・乱丁本はお取り替えいたします。
定価は、カバーに表示してあります。

ISBN978-4-576-22140-3

https://charade.futami.co.jp/